AF235736

Erste Auflage 2020

Verlag Geheimarchiv des Dr. Lysenko
Erste Auflage
Copyright © Oliver Orthuber | 2020
Alle Rechte vorbehalten
Herstellung und Verlag: BoD-
Books on Demand, Norderstedt
ISBN 9783751959094

OLIVER ORTHUBER

TALLINN

Die Reise zu den Triebwerken
und zurück

Geheimarchiv des Dr. Lysenko

Freitag

Der Anruf

Freitag nachmittag klingelt das Telefon.
Martin ist am Apparat und fragt mich, ob ich Lust habe mit ihm nach Tallin zu fahren.
Wir sollen dort Triebwerke eines sowjetischen Flugzeuges (wahrscheinlich einer MIG) abholen und nach Den Helder zu bringen.
Montag nachmittag soll es in Berlin losgehen.
Mittwoch müssen wir in Tallin sein und auf der Rückreise könnten wir uns etwas mehr Zeit nehmen.
Ich sage sofort zu.

Sonntag

Der 2. Anruf

Sonntagnachmittag ruft mich Martin aus Amsterdam an und sagt mir, ich solle mich jetzt definitiv ab Montagnachmittag bereithalten.

Wir unterhalten uns über die unbekannten Straßenverhältnisse in den baltischen Ländern.

Da wir beide nur die Straßenverhältnisse Westpolens kennen, machen wir uns große Sorgen über die Strassen, die uns wohl in Ostpolen und im Baltikum erwarten werden.

Außerdem besprechen wir so ziemlich alle Szenarien einer eventuellen Wegelagerei.

Wenn man in so eine unangenehme Wegelagerei kommen sollte, nehmen sie einem wirklich alles ab. Bis auf die Unterhose.

Dieser Gedanke gefällt mir ganz und gar nicht und ich werde dadurch etwas nachdenklich.

Montag

Berlin-01-

Da wir nachts fahren werden, gehe ich vorausschauend ungefähr eine Stunde später als normal ins Bett.
Ich erhoffe mir dadurch morgens etwas länger zu schlafen. So eine Art Zwangsumstellung.
Meine schönen Berechnungen werden aber um 10.00 Uhr morgens vom Telefon brutalst durchkreuzt.
Selbstverständlich schaffe ich es nicht dem blöden Arschloch ein herzliches Fuck Off als Begrüßung entgegenzuschleudern, denn ich fühle mich leider nicht in der Lage aufzustehen.
Der Arsch will auch für alle Zeiten unerkannt bleiben und hinterlässt nicht einmal seine Stimme auf dem Anrufbeantworter.
Nach kurzer 10-Finger-Rechnung stelle ich mit blanken Entsetzten fest, das 5 Stunden Schlaf überhaupt nicht meiner gestrigen Vorstellung entspricht.
Verzweiflung macht sich in meinem Schlafgemach breit.
Drei Stunden wälze ich mich im Bett umher und versuche vergeblich wieder einzuschlafen.
Völlig entnervt und hundemüde stehe ich schließlich um 13.00 Uhr auf und trinke 3 Kannen Kaffee.

Der 3. Anruf

16.00 Uhr. Der dritte und letzte Anruf von Martin. Er sagt, er sei gerade aus Amsterdam angekommen und es geht letztendlich um **22.00 Uhr** los.

Ich erkundige mich erneut nach Wegelagerei und er entgegnet mir darauf, es wäre alles drin, man könne es nicht wissen.

Ich bin stark beunruhigt und entschließe mich keine Wertgegenstände mitzunehmen und nur in Unterhose zu reisen, denn dann können sie mir nix, aber auch gar nix rauben.

Berlin-02-

Ich versuche den ganzen Tag vergeblich zu schlafen, gebe es so um **19.**00 Uhr endgültig auf und beginne mit einer unbeschreiblichen Kaffeeorgie.

Um **22.00** Uhr treffe ich bei Martin ein.

Er ist soeben mit seinen letzten Reisevorbereitungen beschäftigt.

Er packt sich ein ordentliches Päckchen Grass ein – ungefähr die Größe eines Tabakbeutels - mit dem wohl ein Durchschnittskiffer mindestens 1 Monat auskommen würde.

Er macht sich allergrößte Sorgen, ob ihm diese Ration wohl für eine Woche reichen wird.

Ich ermuntere ihn noch mehr mitzunehmen. Denn ich weiß aus Erfahrung wie unangenehm Kiffer auf Entzug werden können.

Dann geht es endlich los.

Dienstag

Der Franzose

Auf dem ersten Rastplatz in Polen sehen wir den Franzosen.

Der Franzose sitzt in seinem Transporter mit laufendem Motor. Seinen Kopf hat er auf das Lenkrad gebettet und schläft.

Vielleicht ist er auch tot. Wir wagen es nicht diese absurde Situation näher zu betrachten. Schließlich darf man sich in unserem Beruf von nichts aufhalten lassen.

Wir bewundern die Meisterleistung des Franzosen es buchstäblich mit allerletzter Kraft noch geschafft zu haben auszukuppeln, bevor er starb oder einschlief, belächeln aber auch seine fehlende letzte Entschlossenheit den Motor abzustellen.

Ich möchte hier an dieser Stelle aber auch niemanden verurteilen und mache mir Gedanken was dem Franzosen wohl widerfahren sein könnte.

Wieso konnte er keine Kraft mehr zum Abstellen des Motors aufwenden?

Man weiß ja nicht, warum der Franzose sich in einer solchen Situation befindet.

Er könnte genauso wie wir ein Transporteur sein und konnte schlicht und ergreifend einfach nicht mehr.

Dann möchte ich erneut betonen, wie ich seine Meisterleistung schätzen würde.

Vielleicht ist er aber auch auf der Flucht und fährt seit 48 Stunden ununterbrochen über die Strassen Frankreichs und konnte die Anstrengung nicht mehr ertragen und ist wirklich gestorben.

Das hat es alles schon gegeben. Oder er ist gar nicht gefahren, sondern ein Mordopfer der Mafia, die ihn dann in das Auto setzten, damit es wie ein natürlicher Tod aussieht.

Es könnte auch seine Ehefrau gewesen sein, selbstverständlich wegen eines großen Erbes. Wie dem auch sei unser Kaffee ist getrunken und wir lassen den Franzosen hinter uns.

Dr. Lysenko

Es ist zu schön um wahr zu sein.
Auf dem Weg nach Posen sitzt der berühmte Dr.
Lysenko für 15 Minuten auf einem
Autobahnwerbeschild und winkt den vorbeifahrenden
Autos zu.
Und das beste ist, er hat keine Maske auf. Man kann
ganz deutlich sein Gesicht erkennen.
Ich weiß nicht, warum er das macht. Aber ich bin
sehr froh dieser Performance beiwohnen zu können.
Später erfahre ich dann von seinen Kunstaktionen in
der Rykestrasse und auf der Autobahn nach
München.
Ich vermute diese Aktion in Polen war so eine Art
Verabschiedung an die vorbeifahrenden Autos.
Denn alleine bei der Kunstaktion auf der Autobahn
nach München hat er glaube ich so ungefähr 10 000
Autos erledigt.
In Berlin fragte ich öfter Lady Wondraschek nach
dem Aussehen von Dr. Lysenko, die immer auf die
"Theory of Obscurity" verweisend sagte: Niemand
kennt die Identität von Dr. Lysenko und weiß
warum er das alles macht.
Ab heute kenne ich Dr. Lysenko. Aber ich werde es
selbstverständlich für mich behalten. Sonst wäre mein
Privileg ihn zu kennen ja keines mehr.
Für Leute die eventuell die "Theory of Obscurity"
nicht kennen, gehe ich kurz darauf ein.
Der Begründer dieser Theorie ist ein Bayer: N.
Senada. Sie besagt, dass wahre Kreativität nur

möglich ist, wenn der Künstler im Verborgenem bleibt.

Interessierte Leute finden, denke ich, einen Weg sich weitere Informationen über diese Theorie einzuholen.

Adamovice

Um circa 8.00 Uhr morgens erreichen wir unsere erste Schlafstätte: Adamovice.
Es befindet sich so ungefähr 100 Kilometer vor Warschau.
Ein trostloser, ostmäßiger Rastplatz mit Hundegebell.
Aber mit einem grandiosem Wolkenhimmel. Das muß man Adamovice lassen.
Ein denkwürdiger Moment ereignet sich an dieser gottverlassen Tankstelle: Mein erster Bartsch.
Ich bin sehr überrascht, von dieser leckeren Speise noch nie in meinem Leben gehört zu haben.
Ich liebe rote Beete und Bartsch ist eine rote Beete Suppe.
Martin lobt Bartsch in den allerhöchsten Tönen und ich kann es kaum erwarten mir den ersten Löffel Bartsch zu Gemüte zu führen.
Rückblickend war er nicht unbedingt gut. Aber es war mein erster Bartsch und er war auch gut gewürzt.
Was laut Martin, der es wiederum von einer Polin aus erster Hand erfahren hatte, das wichtigste sei, was einen guten Bartsch ausmacht.
Und traditionell glaube ich immer an Informationen aus erster Hand.
Martin spricht von den unterschiedlichsten Darreichungsformen des Bartsches.
Es soll welchen geben mit Kroketti, Piroggen und noch viel mehr, an die ich mich leider nicht mehr erinnern kann.

Es soll starke regionale Unterschiede geben. Was aber immer einen guten Bartsch ausmacht ist die Würze. Mein erster Bartsch scheint eine der spartanischsten Ausführungen zu sein. Es gibt nichts drin. Aber ich muss es noch einmal sagen: Er war gut gewürzt. Die anwesenden Polen im Restaurant begaffen uns, als hätten sie nie in ihrem Leben jemanden morgens um 8.30 Uhr Bartsch, Pommes und Wurst essen sehen. Der Bartsch gibt mir wieder Kraft.
Da wir erst später den Auftrag bekommen den Toilettenführer Baltikum/Polen zu schreiben, kann Adamovice nicht mit in die Wertung aufgenommen werden. Aber unter uns gesagt sie hätten auf gar keinen Fall einen Preis gewonnen. Es waren höchstens 2 Kloschüsseln.

Das Haus des Unterhosenbruders

Wir verlassen den Ort des Bartschs und wollen uns auf den Schlaf in der Kombination vorbereiten.
Wir haben eine Matratze im Laderaum, auf der es sich Martin nach langen hin und her schließlich bequem macht.
Ich bevorzuge als Schlafstätte den Fahrgastraum (ich glaube so nennt man das, oder?).
Der Laderaum macht mir durch seine Abgeschlossenheit und Dunkelheit etwas Angst.
Als wir gerade unsere Schlafvorbereitungen treffen, sehen wir aus dem Haus neben der Tankstelle einen Mann in Unterhose aus seinem Haus huschen.
Er bleibt stehen und mustert mich. Ich merke die Spannung in der Luft. Er fängt an zu grinsen und winkt mir.
Ich bin etwas verunsichert und kann mir nicht vorstellen was er von mir will.
Er spricht leider nur polnisch, aber durch seine Gestik verstehe ich, dass er uns in sein Haus einladen will, um dort zu schlafen.
Ich freue mich auf das Angebot in einem richtigen Bett zu schlafen.
Vorher zeigt er uns noch sein Domizil. An der Wand hängen Unterhosen berühmter Träger. Wie alles in seinem Haus auf Unterhosen ausgelegt ist.
Es gibt die seltsamsten Gebrauchsgegenstände als Unterhosen ausgeformt.
Aschenbecher, Tische, Stühle, Sofa, Sessel, selbst das Fernsehgerät erinnert stark an eine Unterhose. Das

Bett in dem ich schlafe ist in der Form einer Grobrippunterhose geformt und ist bequemer als es scheint.

Der Unterhosenbruder bewirtet uns fürstlich und zeigt uns vor dem Schlafengehen noch Bilder, auf denen er auf den exotischsten Orten dieser Welt in Unterhosen stolz in die Kamera lächelt.

Er war schon überall : chinesische Mauer, Eifelturm, Rom, Athen, Pyramiden usw.

Ich bringe es irgendwie nicht über das Herz ihm zu beichten, dass ich nur aus großer Angst vor Wegelagerei in Unterhosen reise, denn er scheint mehr als froh zu sein einen Gleichgesinnten getroffen zu haben.

Er möchte unbedingt meine Adresse haben. Da ich ein sehr ängstlicher Mensch bin gebe ich ihm bedingt durch meine schreckliche Angst vor diesem Unterhosenpsychopathen eine falsche Adresse.

Aber alles in allem war er sehr nett und wie schon vorher erwähnt war das Bett sehr bequem. Einen herzlichen Dank hier an dieser Stelle an den netten Unterhosenbruder in Adamovice.

Die MIG

An der Raststätte steht eine MIG. Wir werten das als Zeichen.

Bei näherer Betrachtung des Flugzeuges stellen wir fest, dass ausgerechnet die Triebwerke fehlen. Außerdem scheint es so, dass man als Pilot einer MIG nicht größer als 1,75 Meter sein darf und diese Eigenschaft erfülle ich voll und ganz.

Nach kurzer Beratschlagung entschließen wir die MIG mitzunehmen, dann in Tallin die Triebwerke einzubauen und schon haben wir eine betriebsbereite MIG am Start. Und Dank meiner Körpergröße kann ich das Ding auch fliegen.

Anfangs haben wir etwas Bedenken, wegen dem geladenen explosive Material.

Es handelt sich um Schleudersitze für Flugzeuge mit dem Bestimmungsort Tallinn. Ein ausgezeichneter Schachzug des Spediteurs: nie einen Transporter leer fahren zu lassen.

Es fehlt uns eindeutig an Erfahrung, ob sich eine MIG mit explosive Material verträgt. Aber wir denken dies geht wohl Hand in Hand und haben keinerlei Bedenken, dass etwas dabei schief gehen könnte.

Es war relativ einfach die MIG zu entwenden. Der Unterhosenbruder – vielleicht hat er sich in mich verliebt - lenkte die Tankstellenangestellten ab. Währenddessen packten Martin und ich sie ein und verstauten sie im Anhänger.

Leider war ich mit dem einpacken so beschäftigt, dass ich das Ablenkungsmanöver des

Unterhosenbruders nicht näher verfolgen konnte. Aber was ich sah war sehr lustig. Selbstverständlich arbeite er bei dieser Ablenkung stark mit Unterhosen. Ich bekomme allerdings später etwas Bedenken dieses alte Ding zu fliegen, denn sie wirkt auf mich als Transportmittel genauso vertrauenswürdig wie ein uralter Lastwagen aus den 50er Jahren. Aber irgendwie wird es schon gehen. Hoffe ich.

Etwas schwerer beladen als vorher verlassen wir Adamovice und winken dem Unterhosenbruder noch ein letztes Mal zu. Vorher lassen wir noch die Münze entscheiden wer fährt. Es trifft Martin.

Die Apfelfrau

Die Straßenverhältnisse in Westpolen überraschen mich sehr.
Ich dachte alle Strassen in Polen seien in einem ähnlichen Zustand, wie die Strasse nach Breslau. Aber nein. Dem ist keineswegs so.
Sie sind den Umständen entsprechend wirklich ausgezeichnet.
Auf einer dieser Strassen Richtung Warschau befinden sich rechts und links riesige Obstplantagen.
Ein herrlicher Anblick für einen Stadtmenschen wie mich.
Alle 100 Meter steht ein kleiner Stand mit polnischen Urmenschen davor. Nachdem wir mindestens 481 passierten, entscheiden wir uns schliesslich an einem anzuhalten.
Wir haben beschlossen außer dem leckeren Bartsch und dem köstlichen Kaffee eventuell auch noch ein paar Vitamine zu uns zu nehmen.
Die Frau ist sehr freundlich und nimmt aus ihren unzähligen Apfelkisten einen Apfel nach dem anderem heraus und schneidet von jedem mit einer Affengeschwindigkeit ein Stück zum Probieren ab.
Ehrlich gesagt komme ich mit dem Essen fast gar nicht hinterher und alle Stücke die Sie mir reicht schmecken außerordentlich gut, besonders die Birnen.
Als es schließlich zu einer Entscheidung kommen soll, welche Äpfel wir gerne kaufen wollen, erinnern wir uns selbstverständlich beide an keine einzige Apfelsorte und kaufen einfach alle.

Billig sind sie nämlich zudem auch noch. Eine bewundernswerte Verkaufsstrategie der alten Apfelfrau. Bis Warschau erleben wir einen ununterbrochenen Vitaminschock.

Florian Grill in Polen am See

Abends. Martin spricht von K´homnän Restaurants in Polen, die sehr billig sein sollen.

Ich will unbedingt an einem anhalten und wie ein Fürst schmausen.

Martin ist aber keines, aber auch wirklich keines k´homn genug und er fährt und fährt und fährt einfach an jedem vorbei.

Ich werde schon etwas nervös, denn je länger er an diesen ausgezeichneten K´homnän vorbei fährt, desto weniger werden es.

Ich befürchte heute keines mehr abzubekommen.

Martin sieht es endlich ein und hält an einem Spitzen-K´homn´n. Dem Florian Grill in Polen am See.

Mein zweiter Bartsch. Viel leckerer als der erste. Es gibt so eine Art Piroggen drin. Außerdem esse ich noch Piroggen dazu. Auch sehr lecker.

Wir trinken Kaffee und Martin entwendet von der Theke ein A2 Poster von Johannes Paul II.

Eine Darstellung von ihm als er noch jünger war, also bestimmt 30 Jahre alt. Aber schön.

Auch der Florian Grill kann noch nicht in die Klobewertung aufgenommen werden, hätte aber vielleicht einen Preis gewonnen Zumindest 3 Kloschüsseln wären da schon drin gewesen. Wer weiß, da der Florian Grill später noch Berühmtheit erlangt und die Klobewertung auch nach Sympathiegründen abgegeben wurden (siehe erster Preis), vielleicht wäre da noch mehr drin gewesen.

Denn der Florian Grill ist für mich eine Art Mythos geworden und auch das Poster von Johannes Paul II wird uns auf der Reise noch gute Dienste erweisen. Aber wie gesagtm er kann leider nicht in die Bewertungen aufgenommen werden. Ansonsten wäre er bestimmt der Sieger geworden. Rein aus Sympathie.

Ein kleiner Streit entflammt zwischen Martin und mir, ob der Florian Grill ein K'homnäs ist oder nicht. Er bleibt widerwärtig stur und behauptet allen Ernstes es ist kein K'homnäs.

Ich bin bis heute der festen Überzeugung: der Florian Grill in Polen am See ist eindeutig ein K'homnäs. Dies lässt sich schon sehr einfach an der Einrichtung ablesen. Original Plastikstühle aus den 70ern. Wunderschöne Tischdecken mit bunten Tieren und Dschungelmotiven bedruckt. Und alle gleich. Dies allein bezeugt schon Stil.

An der Wand hängen die beliebten Kitschmotive, die man bei uns zu Hause nur noch in ausgesuchten Türkenläden erwerben kann. Ein beleuchtetes Bild mit einem Wasserfall, der ständig fließt. Ein wahres Wunderwerk unserer Konsumgesellschaft.

Aber dies alles kann Martin nicht überzeugen. Ehrlich gesagt verstehe ich ihn heute noch nicht, wie er behaupten kann es wäre kein K'homnäs gewesen.

Außerdem sind die Besitzer so nett und stehen extra für uns von ihrer kleinen Runde auf und machen uns Bartsch, Kaffee und Piroggen. Also wenn das nicht K'hom ist, dann weiß ich es auch nicht mehr.

Angst

Ab dem Florian Grill übernehme ich wieder das Steuer.
Mittlerweile ist es dunkel geworden und ich erinnere mich an das Telefongespräch vom Sonntag. Ich erwarte jeden Augenblick eine Straßensperre mit den fiesesten Ganoven dahinter.
Oh mein Gott. Ich bekomme richtig Angst vor dieser verdammten Wegelagerei.
Die Strassen sind immer schwächer befahren und die Straßenverhältnisse lassen auch zu wünschen übrig.
Ich kann höchstens noch 80 Stundenkilometer fahren, bremse aber sehr häufig auf 50 Stundenkilometer runter.
Bei diesen Bremsmanövern fürchte ich mich vor springenden Wegelagerern, die einfach auf die langsam fahrende Kombination aufspringen und uns fertig machen. Ich male mir schon aus, wie ich durch die Straßensperren durchbreche. +
Rückblickend kann ich nur von sehr unangenehmen Stunden sprechen. Aber es ist nichts passiert.

Mittwoch

Drecksletten

Ich fahre bis Kaunas. Um 1.00 Uhr übernimmt Martin das Steuer und fährt durch das wunderschöne Litauen.

Eine weite Landschaft mit leichten malerischen Hügeln und dazwischen kleine skandinavische Häuschen gebettet.

Darüber liegt Morgenrot und Nebel.

Und überall Pusteblumen. Soweit das Auge reicht. Um 2.00 Uhr wird es hell. Wir können es nicht fassen. Später stellt sich dann raus, dass bedingt durch eine andere Zeitzone, es schon eine Stunde früher ist. Also 3.00 Uhr. Im Norden ist es schon offensichtlich taghell.

An der Ortseinfahrt Riga muss Martin dringend pissen. Ich übernehme das Steuer durch Riga.

Es ist 7.00 Uhr morgens. Berufsverkehr. Und es gibt keine, aber wirklich keine Beschilderung. Ich weiß nicht wo der Weg nach Tallinn führt und Volkssport der Letten scheint es niederländische Kombinationen zu schneiden, wo immer sich eine Möglichkeit auftut. Schimpfend fahre ich durch Riga und bekomme nichts von der Pracht dieser größten Ostseestadt mit seiner 800jährigen Geschichte mit.

Nur durch Zufall finde ich aus diesem Verkehrschaos raus. Ich befinde mich doch tatsächlich auf dem richtigen Weg nach Tallinn, als mir urplötzlich einfällt, dass ich meinen letzten Kaffee in Polen am See, Florian Grill genossen habe. Sofort bekomme ich zittrige Hände. Ich brauche sofort, aber wirklich sofort, einen Kaffee. Eine optimale und reibungslose Weiterfahrt ist ohne Kaffeekonsum stark gefährdet.

Mir ist es auch egal, ob ich den Kaffee in einem K'homnän oder in einem Saftladen, einer Tankstelle oder was auch immer trinke. Das einzigste was jetzt zählt ist Kaffee. Auch die Qualität des Kaffees ist mir egal.

An der nächsten Tankstelle halte ich unmittelbar an. Ich gehe rein, blicke mich voller Verzweiflung und Angst nach einer Kaffeemaschine um. Meine Seele entspannt sich, als mein Blick auf eine italienische Espressomaschine fällt. Freudig atme ich durch und hole zwei Euro aus der Tasche und gehe zu der Drecksiettin (ich möchte sie schon im Vorfeld so nennen, denn anders kann man diese hässliche Schlampe auch nicht bezeichnen).

Ich frage sie, ob ich einen Kaffee mit Euro bezahlen kann. Sie beachtet mich kaum, muss aber meine Kaffeenot eindeutig sehen, schüttelt den Kopf und wendet sich ab. Ich frage noch einmal für 2 Euro einen Kaffee bitte zu bekommen, denn jetzt ist mir ein Kaffee wichtiger als Geld.

Sie beachtet mich gar nicht mehr. Jetzt habe ich nur zwei Möglichkeiten, entweder ich rege mich auf wie die Sau und beginne zu randalieren oder ich verlasse kleinlaut die Tankstelle und fahre ohne Kaffee weiter.

Enttäuscht wie ich war zog ich meinen Kopf ein und schlurfte traurig aus der Tankstelle. Martin konnte mich nicht aufmuntern.

Die Europameisterschaft

Kurz vor der Grenze zu Lettland überkommt mich erneut Angst. Wir fahren mit einem Transporter mit niederländischem Kennzeichen als Deutsche nach Lettland.
Um die Europameisterschaftsgruppe D komplett zu machen, hat Martin auch noch in seinem deutschen Pass vermerkt, dass er Tscheche ist.
Prompt guckt der Grenzer auch etwas komisch und zieht den Ausweis von Martin durch und schlägt Alarm.
Urplötzlich sind alle um uns rum und zerren uns aus dem Auto.
Sie vermuten Europameisterschaftsspionage. Nach 5stündigen Verhör, es war nicht so unangenehm wie es immer im Fernsehen und in Büchern geschildert wird, lassen sie uns weiterfahren. Genervt hat es aber trotzdem. Enttäuschend finde ich auch keinen Kaffee von den Grenzbeamten während des Verhörs gereicht bekommen zu haben. Aber ich bin schon froh, dass sie mich nicht geschlagen haben. Als Warnung geben sie uns noch mit auf den Weg, uns nicht zu lange in ihrem Land aufzuhalten und dass wir sowieso überwacht werden würden.
Egal wir sind endlich wieder unterwegs. Da wird mir die Europameisterschaft schon bevor sie beginnt vergällt.

Grenze Lettland/Estland

An der Grenze zu Estland wird es das erste Mal heiß. Die Grenzbeamtin nimmt meinen Ausweis und wohlgemerkt ich habe immer noch keinen Kaffee getrunken.

Sie fragt mich : „Are you empty".

Ich antwortete ohne Verstand: „Yes". Nachdem ich Yes sagte denke ich mir, was bin ich für ein Idiot.

Wir haben illegaler Weise im Anhänger die MIG aus Adamovice und legaler Weise im Transporter das explosive Material mit Frachtbriefen und allem.

Wenn sie jetzt in den Transporter guckt und das explosive Material sieht, möchte sie bestimmt in den Anhänger gucken und dann haben wir wirklichen Erklärungsnotstand.

Ich steige aus und öffne die Hecktür des Transporters. Sie sieht rein, muss das explosive Material gesehen haben und sagt „o.k." und gibt mir meinen Ausweis zurück.

Verwundert schließe ich die Tür wieder und nehme die Papiere entgegen.

Wahrscheinlich hat sie heute auch noch keinen Kaffee getrunken.

Nach der Grenze fahre ich beim Parken vor Aufregung fast in einen Zaun.

Wir wollen Euro in Eesti Dollar wechseln, damit ich endlich meinen heißersehnten Kaffee bekomme, was mir ja in Lettland verwehrt wurde. Aber. Nein. Großer Schock. Es gibt keine Wechselstube.

Ab jetzt entwickle ich so eine Art Trotzreaktion und

fahre weiter und rede mir ein ich bräuchte gar keinen Kaffee. Das Cola ist im übrigen auch schon lange alle. Es gibt wirklich nichts Koffeinhaltiges im Auto. Ich will gar nicht so richtig auf diese schlimme Zeit eingehen. Ich möchte sie nur noch verdrängen. Und das alles nur wegen dieser Dreckslettin in dieser gottverdammten Tankstelle.

Martin ist im übrigem auch völlig alle, denn er hat genau so wie ich den letzten Kaffee im Florian Grill in Polen am See getrunken und sitzt jetzt die ganze Zeit neben mir. Seine Konzentration als Beifahrer ist natürlich gleich Null. Das bedeutet für ihn eine unglaubliche Müdigkeit. Er legt sich nach hinten zum explosive Material.

Trotz meiner Müdigkeit erkenne ich die Ähnlichkeit Estlands zu Litauen. Alles wirkt aufgeräumt und durchorganisiert. Lettland ist dagegen etwas schlampiger.

Tallinn

Ich quäle mich nach Tallinn.

Kaffeeentzug und Müdigkeit setzen mir ordentlich zu.

The Flaming Lips begleiten mich auf die letzten 100 Kilometer, die glücklicherweise zu gut einem Viertel aus einer Baustelle bestehen und ich werde ordentlich durchgerüttelt. Das hält wach.

Seltsamerweise klopft Martin nicht und möchte wieder nach vorne. Denn bei solchen Straßenverhältnissen schafft es kein Mensch hinten im Transporter zu liegen. Entweder er schläft phantastisch und bekommt gar nichts mehr mit oder er ist bei der ersten Bodenwelle mit dem Kopf gegen die Bordwand gestoßen und liegt hinten bewusstlos neben dem explosive Material.

Ich kann mich aber nicht um so etwas kümmern, denn ich kämpfe wirklich stark mit dem Einschlafen.

Einzig der Ärger über die Dreckslettin hält mich wach.

Um 13.00 Uhr fahre ich endlich in Tallinn ein.

Unser Zielort ist ein großer Parkplatz am Flughafen. Gleich an einem Einkaufszentrum mit grüner Schrift.

Selbstverständlich sehe ich kein Flughafenhinweisschild und befinde mich schneller als ich denken kann voll in der Innenstadt.

Rechts und links flitzen die ortskundigen Tallinner an mir vorbei und jeder weiß ganz genau wo er hinfahren will.

Nur ich weiß es nicht. Und ich bin so müde und möchte einfach nur ankommen.

Mit der Kombination ist es auch nicht so einfach anzuhalten. Denn 13 Meter Kombination lassen sich nicht so einfach parken. Und ständig springen selbstmordgleich die Esten vor mein Auto. Höchste Konzentration ist jetzt wirklich gefragt. Und das alles ohne Kaffee.

Ich kann es immer noch nicht fassen. Auf der rechten Spur eingeordnet sehe ich dann ein Flughafenschild, das nach links weist. Ausgerechnet in diesem glücklichen Moment als ich damit beschäftigt bin die Kombination sicher durch die fahrenden Autos auf die linke Seite zu ziehen klingelt das Handy. Der Chef. Der Stress artet jetzt für kurze Zeit wirklich aus.

Nachdem ich ihm sage, dass ich in Tallinn bin und auf der Suche nach dem Airport, ist er scheinbar zufrieden.

Ich lege auf und sehe ab diesem Zeitpunkt kein Flughafenschild mehr.

Ich bin mir ziemlich sicher, dass ich beim telefonieren die Abfahrt zum Flughafen verpasst habe. Ich könnte jetzt wirklich nur noch kotzen. Dann erblicke ich in der Ferne einen großen, schönen Parkplatz und ich möchte nur noch eins: aufhören zu fahren. Also rauf auf den Parkplatz eines Einkaufszentrums mit blauer Schrift. Egal.

Als ich den Motor abstelle, sehe ich über den Parkplatz ein Flugzeug landen.

Ich könnte schreien vor Glück. Zufällig habe ich den Zielort erreicht und kann jetzt Martin wecken und sagen: Wir sind da!!!

Die Kontaktperson

Nach einigen SMS und Telefonaten schafft es unser Chef die Kontaktperson auf das Einkaufszentrum mit blauer Schrift zu lotsen. Wir stehen rum und warten. Dann braust ein Auto heran. Die Kontaktperson. Er hat gleich eine wunderschöne Nachricht für uns. Das explosive Material ist für ihn und er hat die Triebwerke für die MIG.

Wir dachten wir hätten eine Entladestelle und eine andere Ladestelle. Jetzt gibt es aber beides in einem. Phantastisch.

Tallinn fängt langsam an mir zu gefallen. Martin übernimmt das Steuer und folgt der Kontaktperson.

Er fährt Richtung Flughafen auf einen kleinen Hangar mit Chesnas, die wahrscheinlich nur der Tarnung dienen.

Aber mir soll es ja egal sein.

Die Ladeaktion beginnt. Wir haben ernsthafte Probleme den Anhänger abzukuppeln. Dieses verdammte Ding will sich einfach nicht abkuppeln lassen.

Auf dem Gelände schleicht ein Este rum. Das Urbild eines Wikingers. Er ist bestimmt zwei Meter groß und mindestens so breit. Missmutig guckt er uns zu und ich erwarte jeden Augenblick, dass er auf uns zustürmt, uns zur Seite stößt, den Anhänger samt Anhängerkupplung aus der Verankerung reißt und uns dann stolz signalisiert: So wird das gemacht, Jungs!

Er ist aber etwas schüchtern und zeigt uns nur mit

einer Handbewegung, wie wir es rauszureißen hätten. Ich bin froh, dass er nicht Hand anlegt. Mit einem Holzkeil schaffen wir es endlich.

Jetzt ist für mich endlich auch der Punkt erreicht mich hinzulegen.

Rimi

Wie es sich für einen ordentlichen Kapitalisten ziemt, lautet nach vollendeter Arbeit, unser erstes Ausflugsziel in Tallinn selbstverständlich: Rimi.
Ich bin wirklich von den Socken. Ein Supermarkt a la Francaise.
So hat sich wohl ein DDR-Bürger damals gefühlt, als er die Schwelle seines ersten Konsumtempels überschritt.
Es ist fantastisch billig. Lidl ist dagegen wirklich ein sauteurer Schuppen. Und er strotzt nur so von Exklusivität.
Es gibt eine Fischtheke. Die Fische schwimmen in einem Aquarium rum und scheinbar kann man sich einen lebendigen Fisch aussuchen, den man dann später zuhause verspeist.
Die Grilltheke. Ich nehme von allem etwas. Was sich dann später als viel zu viel herausstellt. Aber da ich von meiner Oma konditioniert wurde, alles was auf dem Teller liegt aufzuessen, schaffe ich es wie immer sehr gekonnt alles in mich hineinzustopfen. Eigentlich könnte man mir mal einen Preis dafür verleihen. Den „Der isst alles, aber auch alles, komme was wolle auf Preis".
Vielleicht mit einigen Tausenden von Euros datiert.
Die Gänge sind so großzügig ausgelegt, dass man mit wirklich niemanden in Kontakt kommt.
Es gibt von allen Waren auf der ganzen Welt einfach alles.
Seltsamerweise denke ich in diesem Augenblick nicht

mehr an Kaffee.

Obwohl mein letzter tatsächlich immer noch der Kaffee im Florian-Grill in Polen am See ist. Mir düngt nach einem Bier. Und auch am Bierregal falle ich fast in Ohnmacht. Schneider Weiße, Moretti, Becks, Jever und so weiter... Leider gibt es aber kein Augustiner Edelstoff. Das wäre wirklich des guten zu viel gewesen. Ich entscheide mich für ein einheimisches und ein russisches Bier.

Denn ich spüre die Nähe zu Sankt Petersburg. Die Stadt durch die ich so häufig an der Hand Dostojewskis wandelte. Es hat etwas mehr als 20 °C und wir sitzen vor Rimi auf einer Bank und essen.

Ich gleich einer Meisterleistung die halbe Grilltheke und Martin (auch nicht schlecht) einige Pizzen.

Ehrlich gesagt, bin ich mit meinen Grillsachen derart beschäftigt und kann nicht darauf achten wie viele er letztendlich verdrückt. Das einheimische Bier (leider habe ich den Namen vergessen) schmeckt vorzüglich und lässt mich nun endgültig Kaffee vergessen.

Nach dem Essen bleiben wir noch kurz sitzen und beobachten das Szenarium.

Die Esten scheinen schon sehr westlich auszusehen. Sie sind sehr leise und zurückhaltend und strahlen eine gewisse Melancholie aus.

Die Autos unterscheiden sich auch keineswegs von den Autos in Berlin. Mit einmal wird mir klar was Globalisierung bedeutet: Man stellt einen Rimi in die Stadt, macht ihn möglichst billig, bietet viele billige Arbeitsplätze an, damit die Leute billig bei Rimi einkaufen können und fertig ist die Chose. Deutschland Adieu. Wenn es Augustiner Edelstoff gegeben hätte, wäre ich sofort hier geblieben.

Auch verspüre ich die Ahnung, dass ich schon alleine

mit meiner Anwesenheit in Tallinn zu dieser großangelegten Globalisierung beitrage. Da wird mir auch ein bisschen estnisch zumute.

Die Esten sprechen Estnisch. Scheint ´ne Art finnische Sprache zu sein. Man hört sie aber auch immer wieder russisch sprechen. Die waren halt doch ein eine Weile im Lande. Wie auch das ganze Land eine Mischung aus Finnland, Deutschland und Russland zu sein scheint.

Der nördlichste Punkt der Erde

Wir verlassen Rimi und wollen den nördlichsten Punkt der Erde besuchen.
Denn auf dieser Reise brechen wir beiden unseren Nord- und Ost-Rekord.
Mit der Kombination fahren wir ein bisschen in Tallinn spazieren. Erst bleiben wir an einer der beliebtesten Inline Skater Bahnen in ganz Tallinn stehen. Wir gehen ans Meer und sind wirklich hingerissen von der Weite des Wassers.
Als Souvenir breche ich mir einen Sandstein von dem Fels, der mich immer an meinen neuen Nordrekord erinnern soll.
Die angeschwemmten Konsumgüter, wie Plastikflaschen, Kinderüberraschungseier, Autoreifen lassen den Platz wenig romantisch erscheinen und wir beschließen den nördlichsten Punkt der Erde zu verlassen, um uns ein schöneres Plätzchen am Meer zu suchen, der vielleicht nicht so nördlich ist, aber vielleicht weniger Treibgut am Strand beherbergt.
Immer den Skatern hinterher. Es scheint so als ob jedes Tallinnische Mädchen, um als Frau anerkannt zu werden, mindestens eine Stunde am Tag auf Inline-Skates unterwegs sein muss. Schliesslich finden wir dann auch einen wirklich idyllischen Ort, an dem ich endlich die weißen Nächte des Nordens erleben darf.
Ich hab mir das Bier aus Sankt Petersburg mitgenommen und Martin sein Grass.
Die Grasssituation wird mit jedem Joint den er

raucht immer bedenklicher.

Ich hoffe nach wie vor stark für ihn und für mich, dass es ihm reicht.

Wir sitzen da und sind von dem Naturschauspiel beeindruckt.

Seltsamerweise scheint die Sonne im Osten unterzugehen.

Oder sie geht um 22.00 Uhr schon wieder auf.

Auf alle Fälle sieht man im Osten ein malerisches Abendrot und drüber Wolken, die mit einem Radiergummi in den Himmel geschmiert wurden.

Im Westen ist es ein bisschen dunkel. Aber nicht so Dunkel, dass man auch nur einen Stern erspähen könnte. Und so richtig dunkel wird es halt wirklich nicht.

Ich bin echt stark beeindruckt. Ich werde nachdenklich, ob unser Himmel nicht doch nur eine Projektion von Außerirdischen ist und der ganze Unfug mit NASA und Kosmonauten einfach nicht stimmt.

Um 24.00 Uhr beschließen wir in Richtung Rigaer Meerbusen weiterzufahren.

Mein getrunkenes russisches Bier nehme ich als Umweltschützer selbstverständlich mit und stecke es in meine Jackentasche.

Donnerstag

Politsei

Wir verlassen Tallinn und brechen Richtung Pärnu auf. Nach 10 Minuten werde ich in einer kleineren Ortschaft von der Polizei gestoppt. Sie verlangen meinen Führerschein und die Fahrzeugpapiere. Nachdem sie die Papiere genauestens geprüft haben, fragen sie mich ob wir etwas geladen hätten.

Ich antworte wahrheitsgemäß: Teile einer MIG. Er will sie sehen. Warum auch immer. Er möchte dass ich aussteige und ihm die Teile zeige.

Er wird höchstwahrscheinlich enttäuscht sein, denn die Teile der MIG sind alle feinsäuberlichst in sehr großen Kisten verstaut und scheinen keineswegs Teile einer sowjetischen MIG zu sein. Ich kann mir nicht vorstellen was er sich Tolles zu sehen erhofft. Ich werde ihn bestimmt nicht befriedigen können.

In dem Moment in dem ich aussteige fällt mir - Umweltfreundlichkeit zahlt sich nicht immer aus – die verdammte Bierflasche aus der Tasche.

Ich hab sie einfach vergessen. Mit einem lautem Klirr fällt sie zu Boden und springt dann noch ein bis zwei mal auf estnischen Strassen rum.

Er fragt mich, ob ich Bier getrunken hätte. Ich glaube er nimmt es mir übel, erstens nicht sofort die MIG zu Gesicht zu bekommen und zweitens die tanzende russische Bierflasche auf einer estnischen Strasse. Wahrscheinlich wäre alles halb so schlimm gewesen, wenn nicht soviel Russland mit von der Partie gewesen wäre.

Ich gestehe ein Bier am nördlichsten Punkt der Erde getrunken zu haben und lobe die weißen Nächte und den Nordpunkt, das Meer und überhaupt Estland. Er sagt in Estland wäre die Promillegrenze um noch Autofahren zu dürfen bei 0.00 Promille. Ich bin sehr erstaunt und sage zu ihm ich sei aus Bayern, Deutschland und da wäre die Promillegrenze bei 3,8 um noch Autofahren zu dürfen. Ich könne mir gar nicht vorstellen nichts zu trinken. Denn man fährt ja schließlich jeden Tag Auto. Er lässt sich nicht von mir beeindrucken und sagt ich solle ihm zum Polizeiauto folgen, um dort zu blasen. Auf dem Weg zum Auto fällt es mir ins Auge: auf seinem Polizeiauto steht nicht Polizei, sondern Politsei und ich muss lachen. Kopfschüttelnd mache ich ihn darauf aufmerksam, dass ihnen da ein ganz blöder Fehler unterlaufen ist, denn Polizei schreibt man mit Z und wenn sie es schon der deutschen Polizei nachmachen wollen, dann aber bitte genau und ich erkenne keine Polizei mit S an. Der Polizist oder soll ich Politsist schreiben, sieht mich verwundert an und fragt nach, ob man Polizei wirklich mit Z schreibt.

Ich bestätige es ihm noch einmal und er fragt wie ein Z aussieht, denn er kennt diesen Buchstaben nicht.

Ich schlage ihm vor ein Z zu zeigen, wenn er uns weiterfahren lässt.

Er beratschlagt sich kurz mit seinem Politsistenkumpel und geht auf meinen Vorschlag ein.

Während ich mit einem dicken Edding auf der rechten Autoseite das TS durchstreiche und drüber ein großes Z male sind die Polizisten so begeistert, dass sie Martin der auf der linken Seite beide Autotüren abschraubt und in der Kombination verstaut, gar nicht bemerken.

Martin möchte die Türen mitnehmen, da es uns in Deutschland sonst niemand glauben würde. Die Polizisten verabschieden sich höflich von uns beiden und wünschen uns eine gute Weiterfahrt.

Die nächstmögliche Abzweigung nutzen wir und tarnen unsere Kombination mit Laub damit sie uns nicht finden, falls sie die verschwundenen Türen bemerken.

Kohatu Körts

Als ich morgens aufwache, bemerke ich dass wir uns an einer Tankstelle mit einer Raststätte mit dem Namen Kohatu Körts befinden.
Schlaftrunken schüttle ich erneut meinen Kopf und kann es nicht fassen, hier tief in Estland ein Restaurant mit bayrischen Namen zu finden. Im Bayrischen sagt man schließlich a´m Kohatu körts. Aber egal. Ich hoffe dass mir dieser Kohatu später einen Kaffee macht.
Ich steige aus und erkunde die Gegend.
Die wirklich wieder außerordentlich schön ist. Ich muss schon sagen, die Balten haben ihre Landschaft nicht so durchkultiviert wie die Deutschen und es erscheint mir eine kleine Zeitreise zurück in die Vergangenheit meiner Heimat zu sein.
Ich lasse beim kleinen Morgenspaziergang meine Seele baumeln, als ich in der nächsten Umgebung einen See erblicke. Auch wunderschön. Und eine kleine wilde Ansammlung in der einige Letten aufgeregt umherlaufen. Ich möchte lieber nicht Bekanntschaft mit ihnen machen und drehe um.
Als ich zum Auto zurückkehre ist Martin schon wach und wir wagen es die Kneipe von Kohatu zu betreten.
Sie befindet sich im ersten Stock und als wir die Tür öffnen wird die Kneipe augenblicklich sehr ruhig. Allerdings ist sie auch nicht gut besucht.
Hinterm Tresen steht eine Estin, die wirklich keine Miene verzieht. Am Tresen spielt ein Este ein

elektronisches Kartenspiel.

Nur ein Tisch ist mit 2 estnischen Arbeitern besetzt, die hier frühstücken.

Alle Anwesenden beachten uns gar nicht und sprechen auch miteinander kein Wort.

Wir bestellen jeweils 2 Kaffee und es tut wirklich sehr gut endlich das braune Gesöff in mich hineinzuschütten.

Das Handy klingelt. Martin geht ran und erhält überraschenderweise einen zusätzlichen Auftrag. Ein Kloführer Baltikum/Polen.

Wir nehmen sehr gerne an und ich beschließe sofort hier im Kohatu Körts an der 4er zwischen Tallinn und Pärnu zu beginnen.

Der Auftraggeber sagte dazu, dass der Gewinner dieses Klowettbewerbes einen Preis erhalten würde.

Sozusagen handelt es um eine ernste Angelegenheit.

Die Höchstzahl an Kloschüsseln die eine Bar, Restaurant oder Raststätte erringen kann sind 5. Aber dass ist höchstwahrscheinlich sehr schwer zu erreichen.

Kohatu Körts :

3 ½ Kloschlüsseln.

Warum:

Das Klo befindet sich außerhalb der Bar. Man muss in das Treppenhaus gehen. Und dass ist wirklich schon ein Punkt Abzug.
Und das sehr unangenehme an dieser ganzen Aktion ist : es ist abgesperrt.
Das bedeutet man muss wieder zurück in die Kneipe und den Schlüssel am Tresen bei der Selbstmordfinnin abholen.
Bevor Unstimmigkeiten auftauchen: Die Estin am Tresen macht wirklich keinen guten Eindruck und sie wirkt wie bislang alle Esten die ich sah, so als ob sie jeden Augenblick Selbstmord begehen könnten.
Also die Estin hinterm Tresen ist die Selbstmordfinnin, bei der man sich den Schlüssel holen muss. Ich hatte Angst, dass meine Frage nach dem Toilettenschlüssel der Auslöser ihres nicht mehr allzu fernen Selbstmordes sein könnte.
Dieses Hin- und Her Gerenne, gepaart mit der Angst die Selbstmordfinnin macht ausgerechnet jetzt jeden Augenblick Ernst, kosten das Kohatu Körts eine halbe Kloschüssel.

Estnisch-Russischer Zigarettendieb

Nach den sehr leckeren Kaffees gehen wir zurück zum Auto und begutachten unsere estnischen Politseitüren. Wir lachen und freuen uns sehr über dieses schöne Souvenir.

Als wir so in der niederländischen Kombination sitzen, sehe ich aus der Richtung der Häuser, die ich vorher mied, eine Gestalt Richtung Tankstelle gehen. Als er aus den Bäumen auftaucht und noch circa 200 Meter von uns entfernt ist, bekommen wir es mit der Angst zu tun. Denn er scheint ein Riese zu sein.

Er trägt einen Norwegerpulli, eine pinkfarbene Leggins, die ihm knapp über die Knie reichen und ausgetretene Filzpantoffeln. Wir möchten ihn gar nicht so eingehend betrachten, denn an ein Aufeinandertreffen wäre uns nicht unbedingt gelegen. Er ist wirklich groß.

Ungefähr auf der Höhe der niederländischen Kombination bleibt er stehen und nimmt einen Stein in die Hand.

Martin und ich wagen es nicht ihn eines Blickes zu würdigen, können ihn aber sehr gut aus den Augenwinkeln sehen. Er packt den Stein und schleudert ihn mit voller Wucht Richtung Strasse. Beruhigt atme ich durch. Er hat uns nicht angegriffen.

Aber nachdem er den Stein warf, sieht er unvermittelt in unsere Richtung und setzt sich in Bewegung. Und jetzt ist es offensichtlich. Er hat uns ins Visier genommen.

Er geht zu der offenen Autotür auf Martins Seite. Ich kann nicht verstehen was er sagt und ich glaube Martin geht es ähnlich.

Martin versucht ihn mit 2 Zigaretten zu besänftigen. Seine Augen strahlen vor Wahnsinn und ich möchte ihm nicht zu lange in die Augen sehen, denn man droht sich im Wahnsinn zu verlieren.

Er nimmt die 2 Zigaretten und brabbelt noch etwas in Russisch vor sich hin, blickt uns noch einmal mit seinen stahlblauen, durchdringenden Augen an und verschwindet dann wieder langsam in die Richtung aus der er vor wenigen Minuten kam.

Uns ist sofort klar, es ist ein Russe mit Röntgenaugen und er scheint auch eine äußerst gute Nase zu besitzen. Er hat die MIG gerochen. Uns wird klar, dass wir diesen Ort so schnell wie möglich verlassen sollten, denn wer weiß wie viele von diesen Gestalten sich in diesen Wäldern aufhalten.

Mir wird auch ganz schwindelig zumute, wenn ich daran denke, dass ich morgens, sofort nach dem Aufstehen und ohne Kaffee durch diese Wälder streifte. Wie leichtsinnig von mir und wie viel Glück ich hatte. Oh Mann, ich atme ganz tief durch.

Der Russe

Dieser Russe, der uns 2 Zigaretten abnahm, stammt aus Moskau.
Er leistete seinen Militärdienst in Moskau und wurde nach 2 Jahren nach Estland versetzt. Er stammte aus einer angesehenen Offiziersfamilie aus Sankt Petersburg, oder wie es damals hieß Leningrad.
Er hatte eine wirklich glänzende Militärlaufbahn vor sich. Er wurde zum Kosmonauten ausgebildet, was im Osten wie im Westen das aller Größte war, was man sich vorstellen konnte.
Und zu so einer Kosmonautenausbildung zählte selbstverständlich eine MIG-Ausbildung. Dies erklärt die feine Nase für die MIG.
Er war in einer Elitetruppe und ließ sich Röntgenaugen einpflanzen, was ihn nach seiner Kosmonautenlaufbahn hervorragend zum Agenten prädestinierte.
Es lief in seinem Leben alles wie am Schnürchen.
Selbstverständlich nannte er auch eines der schönsten Leningrader Mädchen als seine Verlobte.
Aber dann gab es einen großen, furchtbaren Einschnitt in seinem Leben. Auf einer Militärübung vor über 10 Jahren, so gegen Ende der 80er Jahre wurde seine sowjetische Kombination von einer Herde sehr seltener Megabisons brutalst varamdt.
(Dieses Wort ist sehr schwer in Worte zu fassen und es gibt auch einige Variationen – selbstverständlich von der Konjugation abhängig -. So ist varamdt doch

sehr eindeutig und so zu sprechen wie ich es auch niedergeschrieben habe. Aber sobald aus varamdt varama wird, muss man bei der Aussprache darauf achten das r unter ama weiterschwingen zu lassen und ganz leise kaum hörbar am Schluss ausklingen zu lassen. Daher würde ich sagen schreibt man varama und nicht varama´r. Aber wenn ich ehrlich bin kann ich es besser aussprechen als schreiben).

Entschuldigen Sie bitte den kleinen Ausflug ins Bayerische, aber man kann ja nicht immer davon ausgehen, dass jeder der bayrischen Aussprache mächtig ist. Ganz im Gegenteil.

Als einzigster Überlebender irrt er seitdem doch das estnische Gehölz. Nahrungsmittel kann er seit diesem tragischem Erlebnis nicht mehr behalten und ist auch 45 Zentimeter größer als vorher – wegen dem Varama. Das Ende einer vielversprechenden Militärkarriere. Viel, viel Pech für unseren Russen.

Die russischen Behörden suchen ihn heute noch verzweifelt, denn sie haben den Wissenschaftler der die Röntgenaugen einpflanzte an die USA verloren.

Und bräuchten daher den Russen sehr dringend als Anschauungsmaterial, um eventuell wieder Röntgenaugen einpflanzen zu können.

Aber wir Niederletten sind bekannt dafür Dinge für uns zu behalten. Sie werden sich jetzt wahrscheinlich wundern : wieso Niederletten.

Das möchte ich sofort erklären.

NL =/ Niederlande
NL = Niederlettland

Wir wunderten uns schon die ganze Zeit ob des zurückhaltenden, fast ängstlichen Verhaltens der Esten uns gegenüber.

Der Russe öffnete uns endlich die Augen. In dem Moment als er den Stein schleuderte machte er sich selbst Mut um sich der niederländischen Kombination zu nähern.

Er musste sich nähern, denn er hatte die MIG gerochen und sich an selige Militärtage in Moskau erinnert. Der Geruch zog ihn förmlich magnetisch an, aber er hatte große Angst.

Denn das Nummernschild NL =/ Niederlande sondern NL = Niederlettland.

Ab jetzt sind wir Niederletten. Und die Niederletten sind im ganzen Baltikum gefürchtet. Jetzt haben wir keine Angst mehr, denn die anderen haben den allergrößten Respekt vor uns, wenn man nicht sogar von einer sehr großen Furcht sprechen kann. Daher erklärt sich auch das Verhalten der Selbstmordfinnin und all der anderen Esten, die uns begegneten. Sie hatten schlicht und einfach nur große, große Angst vor Niederletten.

Martin zieht sich um. Er trägt ab jetzt die niederlettische Landestracht.

Mit den typisch vorherrschenden Sandalauai mit dicken Sookkeets. Die Sookkeets sind aus Schafwolle und nur mit linken Maschen gestrickt. Das kann sich kein Mensch mehr erklären, wieso es ausgerechnet linke Maschen sein müssen, aber es ist eine Tradition und Traditionen hinterfragt man selbstverständlich nie.

Sehr schön ist auch seine Jogginghose in den Landesfarben Niederlettlands. Der Pulli kann immer frei gewählt werden, sollte aber ein Pulli sein. Beliebt sind in Niederlettland die warmen Norwegerpullis.

Hemden, Pullunder und dergleichen sind in Niederlettland verpönt. Ebenso Krawatten.

Martin sieht jetzt aus wie ein richtiger Niederlette und ich sowieso.

Estii Neboulaie

Kurz vor Märjamaa werden wir Zeuge eines weltbekannten Naturschauspiels. Die Estii Neboulaie. Diese seltenen, äußerst spektakulären und bislang nur von Einheimischen gesichteten Nebel Estlands. Wir haben es nicht zu wünschen gehofft die einmaligen Nebel zu Gesicht zu bekommen. Wir waren von diesem Schauspiel geplättet. Ein so ein schöner Nebel. Klar und Transparent im einmaligen Zusammenspiel der Nebelgötter. Er tauchte vor uns auf und sobald wir uns ihm näherten wurde er immer klarer und beim Eintritt verschwand er. Ein einzigartiges Schauspiel.

Martin konnte für gut 10 Minuten nicht mehr fahren und überließ es dem Tempomat uns durch den Nebel zu steuern. So konnten wir es beide sehr gut genießen. Unsere Verzückung kannte keine Grenzen. Leider wurden wir später auf das Bitterste enttäuscht. Unsere fantastischen Estii Neboulaie entpuppten sich als Rauch.

Vor uns fuhr ein LKW, dessen Führerhaus zu brennen schien. Die Rauchentwicklung war sehr groß. Durch unsere große Enttäuschung wunderten wir uns gar nicht, dass dieser weißrussische Lastwagen nicht anhielt und zumindest einen Versuch unternahm seinen Lastwagen zu löschen.

Ich vermute ihm war es einfach egal und er ist wahrscheinlich kurz vor Pärnu abgefackelt.

You are welcome to go

Kurz vor der Grenze zu Lettland bestehe ich unbedingt darauf in Estland noch einen Kaffee zu trinken.
Meine Erfahrung mit den Drecksletten lässt mich hart bleiben und Martin gibt schließlich klein bei. Wir halten an einer Kaffeebar namens Domus.
Ein Ort der mich ein bisschen an einen bayrischen Gasthof erinnert.
Auch dieser Ort ist nicht gut besucht. Die Esten scheinen nicht so gerne außerhalb ihrer vier Wände zu sein und Gesellschaft scheint ihnen auch nicht sehr willkommen zu sein. Über unseren Köpfen schwebt ein Fernseher, der original den gleichen Müll ausstrahlt, wie in jedem anderen Land dieser Erde.
Mit dem kleinen Unterschied, dass die Esten bedingt durch ihre Melancholie und Selbstmordanfälligkeit ein Volk von Philosophen darstellt.
So ist diese Rätselsendung im Fernsehen stark von philosophischen Themen beeinflusst.
Die Namen Schopenhauer, Kierkegaard usw. fallen.
Und dies fällt mir nicht zum ersten Mal auf.
In einer estnischen Zeitung studierte ich auch die Buchbestsellerliste und was fiel mir auf: Philosophische Literatur unter den Top Ten. Schon ungewöhnlich, oder?
Ich bin sehr froh keinen Esten überfahren zu haben. Denn sie stehen wirklich mit gesengten Haupt am Straßenrand und lauern scheinbar nach einer Gelegenheit sich vor ein Auto zu stürzen. Aber Gott

sei Dank ist es in Estland nicht beliebt sich von Niederletten überfahren zu lassen. Es hätte mich als Niederlette zwar nicht sonderlich gestört, aber es hält doch auf.

Ich trinke meinen Kaffee und bin den Esten sehr dankbar mir überall einen Kaffee zu servieren. Ich möchte mich hier in aller Form bei allen Esten bedanken, die mir Kaffeegenuss nicht verwehrten. Vielen Dank.

Die Bedienung hat wie alle anderen Esten natürlich auch große Angst vor Niederletten. Und Martin verhehlt durch seine Tracht kein bisschen Niederlette zu sein. Wir Niederletten sind schließlich sehr stolz Niederletten zu sein. Und die schönste Stadt im Universum ist für uns nun einmal Daugavpils.

Als wir bezahlen und gehen wollen vertun wir uns und nehmen fast die Toilettentür als Ausgang. Die Bedienung ist sehr froh die Niederletten ohne großen Stress wieder loszuwerden und wagt sich doch sehr weit vor. Sie lacht und wünscht uns zum Abschied – you are welcome to go – wir lachen auch und alles geht gut aus.

Wieder im Auto fällt mir der Kloführer ein. Ich bin aber zu faul um mich noch einmal in die Bar zu begeben und gebe dem Domus ohne die Toilette begutachtet zu haben eine Bewertung.

Martin ist nicht so ganz damit einverstanden, findet aber auch keinen Antrieb mehr in die Bar zurückzukehren und die Toiletten zu inspizieren.

Aber ich bin mir ohne die Toiletten gesehen zu haben ziemlich sicher, dass es sich um hervorragende Toiletten handelte.

Außerdem hätte ich auch nie gedacht, dass die Qualität der noch zu begutachtenden Toiletten so schlecht ist, dass das Domus letztendlich einen Preis gewinnen wird. Aber das Leben ist immer ungerecht oder gerecht, je nachdem von welchem Standpunkt man es betrachtet.

Domus:

4 Kloschüsseln

warum:

einfach so.

Bauskas??? Doesn´t exist.

Lettland ist eigentlich doch nicht so schlimm wie ich es immer sagte. Es ist mindestens genau so schön wie Estland. Und die Leute sind sogar ein bisschen aufgeschlossener, aber nur ein bisschen. Wir besuchen den Rigaer Meeresbusen. Und es ist wunderschön. An der Küstenstrasse blitzt zwischen einem kleinen Waldstreifen, in dem alte Villen aus prunkvollen, vergangenen Zeiten stehen, immer wieder mal die Ostsee durch. Wir halten an und machen Brotzeit. Obadz´n, Radi, Zwetgschendatschi und a´n Übakinga dazua. Ein schönes Ambiente um diese bayrischen Köstlichkeiten zu sich zu nehmen. Nach der Brotzeit machen mir einen kilometerlangen Spaziergang am Strand ohne irgend ein lebendiges Wesen zu entdecken. Entweder haben sie uns als Niederletten ausgemacht und verstecken sich oder die Letten haben soviel Strand und proportional so wenig Leute, dass man halt auf so einem kilometerlangen Strandstück niemanden antrifft. Die einzigen Spur menschlichen Daseins ist eine Sandburg, sehr liebevoll gefertigt und eine in den Sand geschriebene Nachricht. Die tschechische Baltikumexpedition hat hier eine Sandburg erbaut. Wahrscheinlich wollen sie es den Deutschherrenorden nachtun, die im Mittelalter hier im Baltikum eine Burg nach der anderen bauten. Also Vorsicht meine liebe Letten: unterschätzt mir nicht die Tschechen und schon gar nicht in der Europameisterschaft.

Die lettischen Punks sind sehr sauer auf die Esten. Und es gibt sehr viele Punks in Riga, fast jeder 100te Rigaer ist Punk.

Sie sind sauer auf die Bank Estlands, die sich allen Ernstes Eestii Pank nennt. Und was ein echter Punkrocker ist, der regt sich selbstverständlich über so eine bodenlose Frechheit ziemlich auf. Ich kann es sehr gut verstehen.

Riga ist bislang die schönste Stadt unserer Reise – allein das Stadtschild, ein dreidimensionaler, riesiger Schriftzug beeindruckt mich sehr.

Wir fahren mit der niederlettischen Kombination durch unsere angebliche Landeshauptstadt, die wir selbstverständlich nicht als solche anerkennen.

Die Altstadt ist hübsch beleuchtet und macht einen sehr romantischen Eindruck. Trotzdem steigen wir nicht aus. Wir wollen schließlich keine Massenflucht auslösen. Denn die Letten haben auch ganz schön Angst vor Niederletten. Obwohl sie ja auch Letten sind.

Natürlich wollen uns die Polizisten in Riga auch kennen lernen und halten uns an.

Sie geben sich aber mit unseren Schilderungen der Fracht zufrieden und wollen uns wieder weiterfahren lassen.

Martin fragt sich die ganze Zeit schon wo es nach Bauska geht und hat sich von mir anstecken lassen.

Ich habe nämlich auf dieser Reise die Fähigkeit entwickelt Ortsnamen völlig falsch beziehungsweise anders auszusprechen. So wird aus Bauska Bauskas.

Er fragt den Bullen : „Sorry, can you tell us the way to Bauskas?".

Er sieht uns sehr verdutzt an und überlegt

angestrengt. Schließlich sagt er : „Bauskas, doesn´t exist. I live since my childhood here in Riga and seen all. I tell you really all, but Bauskas doesn`t exist."

Wir drohen ihm ein bisschen mit unserem Niederlettentum und er bekommt es ein mit der Angst zu tun und erklärt uns hastig den Weg nach Bauska. Wir sind froh. Niederlette sein hat sich mal wieder ausgezahlt.

An der Grenze zu Litauen wollen sie schon wieder wissen was wir geladen haben und fragen uns diesmal auch „What is in the box".

Aber auch sie lassen uns ohne weitere Kontrolle nach Litauen einreisen. Denn auch sie haben großen Respekt vor Niederletten. Beim Austritt Lettlands habe ich als Fahrer urplötzlich eine Vision. Und das ist wirklich gar nicht so angenehm, wenn man so mit Fahren beschäftigt ist.

Das Spiel Deutschland : Lettland.

Kahn ist in Wirklichkeit Niederlette. Ja, Oliver Kahn ist ein Landsmann von uns.

Wer hätte das gedacht. Und im Spiel gegen Lettland bekommt er 5 Gegentore. Und Deutschland schießt kein einziges. Kahn wirft in der 85 Minute seine Torwandhandschuhe auf das Grün und geht Richtung lettischer Fanblock von dannen und ward nie mehr gesehen. Nur wir in Daugavpils wissen wo er ist. Er ist der neue Torwart von FC Daugavpils. Bedingt durch diese Vision schrammen wir kurz an einem Unfall vorbei.

Freitag

Ugmerge

Ein äußerst unrühmliches Kapitel, über dies sich nun der Mantel des Vergessens breiten muss.

Belarus

Morgens erreichen wir Vilnius. Wir haben ernsthafte Probleme einen geeigneten Schlafplatz für die Kombination und für uns zu finden.

Die Müdigkeit zwingt uns letztlich auf einem sehr seltsamen Parkplatz mit provisorischer Tankstelle zu halten.

Dort gibt es bestimmt keinen Kaffee. Ich habe trotzdem ich ein Niederlette bin, etwas Angst in Litauen.

Besonders dieser Parkplatz ist mir nicht geheuer. Ich hoffe doch sehr schlafen zu können und nicht die ganze Zeit Angst haben zu müssen.

Martin erwähnt die Nähe zu Weißrussland. Jetzt bekomme ich so richtig Angst. Wegelagerei kann jetzt jederzeit passieren.

Ich kann das Auto nicht abschließen.

Martin meint es ist möglich. Ich kann es doch. Ich bin beruhigt. Sehr beruhigt. Alles o.k. Hoffe ich.

Martin ist müde

Um 13.30 Uhr wache ich auf.

Es ist nichts passiert. Ein wunderschöner Morgen.

Jetzt ab nach Vilnius.

Ich fühle mich wieder wie ein richtiger Niederlette.

Martin war heute nacht sehr müde. So konnte er mir nicht mehr zuhören und schlief einfach ein.

Ich hatte aber seltsamerweise noch soviel zu erzählen und sah mich am Rastplatz um. Ich entdeckte in einiger Entfernung einen Lastwagen aus Litauen.

Sofort war mein Entschluss gefasst: Ich besuche den Lastwagenfahrer und erzähle ihm die Dinge, die Martin nicht mehr hören kann.

Ich klopfe auf die ehrliche, kumpelhafte Tour an seiner Fahrertüre an.

Ein verschlafener Fahrer reibt sich verwundert die Augen und macht mir auf.

Sofort setzte ich mich in die Führerkabine, sehe eine Thermoskanne Kaffee, gieße mir eine Tasse ein und fange an zu erzählen.

Er war nicht sehr freundlich zu mir. Er war wirklich sehr unfreundlich.

Vilnius

Vilnius scheint die westlichste von den bisher besuchten Städten zu sein. Es gibt viele Banken und kaum noch sowjetische Spuren. Vielleicht gab es aber auch nie so viele. Noch immer kein Duschen und eine Rasur möglich.

Trakai

Wir machen uns Richtung Trakai auf.
Es liegt in einem wunderschönen Naturpark.
Und Litauen ist schon schön, aber dieser Naturpark schlägt alles.
Rechts und links der Landstrasse zeigt sich Litauen von seiner wildesten Seite, strahlt aber durch die kleinen Hügel und die Weite zugleich eine poetische Sanftheit aus.
Die Einheimischen zeigen keinen großen Respekt vor uns, wahrscheinlich durch das Wikingertum bedingt.
Denn das ist das Objekt unserer Begierde.
Die uneinnehmbare Wikingerfestung auf einer Insel in einem See.
1994 von Eric dem Starken erbaut oder vielleicht handelt es sich auch um das Todesjahr von Erik. Wir konnten die Inschrift neben seiner Steinstatue leider nicht entziffern. Ich glaube es war litauisch, bin mir aber nicht ganz sicher. Was ich aber mit Sicherheit verstehen konnte, war das Jahr 1994.
Die Litauer sind im Vergleich zu den Esten und Letten ein ausgelassenes Völkchen. Trakai selbst ein finnisches Fischerdorf mit einer stattlichen Seenplatte – geeignet für Kanuten oder Tretbootfahrer. Selbst ein Campingplatz befindet sich in der Nähe, Richtung Kaunas.
Die vorherrschende Architektur ist bestimmt durch bunte Holzhäuser. Schön in Szene gesetzt.
Aber dies hat auch alles seinen Preis. Es ist um einiges teurer als im Rest Litauens. Parken mit der

niederlettischen Kombination kostet 5 Euro. Man muss aber auch dazusagen, dass wir alle verfügbaren Parkplätze einnahmen.

Die Besichtung der Wikingerburg hätte auch etwas gekostet, so spazieren wir nur einmal um die kleine Insel. Die 25°C unterstützen noch unsere Urlaubsstimmung und wir sind mit Gott und der Welt im Reinen.

Der Kurenkahn

Verrückte Litauer ziehen mit der größten Anstrengung einen Kurenkahn aus dem Wasser. Jene Kurenkähne waren vor der Ankunft der Russen das bevorzugte Segelboot, um in den Seen zu fischen. Mit den Russen kam auch der Fortschritt und die motorbetriebenen Boote und der solange vorherrschende Kurenkahn begann auszusterben.
Der Tourismus hat ihn aber wieder auf den See gebracht, den berüchtigten Kurenkahn. Und so bauen sie ihn wieder und segeln wahrscheinlich mit Touristen auf dem See rum.
Die Litauer versuchen es mehrmals vergeblich das stolze Schiff rauszuziehen und werden ausnahmslos alle nass. Ein Opa fällt ins Wasser und ertrinkt fast.
Alle lachen, auch der Opa. Sie scheinen sich nicht gut verständigen zu können. Man hört russische und litauische Anweisungen.
Leider hilft der Stärkste von Ihnen nicht mit. Der sägt in aller Ruhe ein Holzstück für einen neuen Kurenkahn – vermutlich der Oberwikinger.
Nach stundenlanger Beobachtung verspüren wir so einen großen Hunger, dass wir leider nicht mehr abwarten können, ob sie es schaffen oder nicht. Ehrlich gesagt bezweifle ich sehr stark ihren Erfolg beim Rausziehen dieses Schiffes.

Karaliskas Sodas

Wir begeben uns in ein K'homnäs. Das Karaliskas Sodas. Um von unangenehmen Überraschungen, wie Tellerwaschen, verschont zu bleiben erkundigen wir uns vor der Bestellung, ob man mit Euro bezahlen kann. Man kann nicht.
Mein Magen zuckt nervös und ich erinnere mich sofort an die Drecksletten, die mir keinen Kaffee servieren wollten. Nach einigem Verhandlungsgeschick akzeptieren sie aber Kreditkarte. Sofort ist die Urlaubsstimmung wieder da.
Das Essen schmeckt wunderbar und während ich genüsslich mein Kalnapilis vom Fass trinke, sehe ich wehmütig über den See hinweg.
Die Bedienung könnte eine Finnin sein, aber nicht vom Schlage Selbstmordfinnin, sondern von der Art, die nach jeder Bestellung Aha sagt. Aber irgendwie bringt sie dieses aha so sympathisch rüber, dass ich sie sofort ins Herz schließe. Sie ist auch sehr flink und bringt alle Speisen und Getränke sehr schnell an den Tisch. Ein großes Kompliment hier an dieser Stelle an die Aha-Finnin.

Karaliskas Sodas :

3 Kloschüsseln

Warum:

Es gibt eindeutig zu wenig Toiletten. Männer und Frauen müssen sich eine behindertengerechte Toilette (eigentlich sehr löblich) teilen. Gott sei Dank war es nicht besetzt. Zuwenig Toiletten bedeuten aber trotz hygienischer Sauberkeit, Tüchern und alles in allem guter Benutzbarkeit eindeutig 2 Kloschüsseln Abzug.

Die Geburtsstätte von Elvis Presley

Wir können uns kaum von Trakai lösen. Die Fahrt durch den Nationalpark ist wie gesagt sehr schön und ich kann es nur jedem empfehlen einmal im Leben durch diesen Park zu wandern oder auf niederlettische Art mit einer Kombination durchzubrausen.

Die Litauer haben wirklich nicht so viel Angst vor uns. Entweder sind wir tatsächlich die ersten Niederletten die sie treffen oder sie sind sehr mutig.

Unser nächstes Ziel ist die Geburtsstätte von Elvis Presley. Unser niederlettisches Expeditionsteam möchte dieses nämlich mal ins wahre Licht rücken: Elvis Presley ist in Kansas, Litauen geboren. (Für einige ist Kansas noch unter dem alten litauischen Namen Kaunas bekannt).

Elvis wurde nach seinem mäßigem Schulabschluss zur Armee einberufen. Und wurde prompt ins Ausland versetzt – nach Ostberlin.

Dort zeigte sich in den Bars relativ schnell seine große Begabung für Tanzen und Singen. Da die Amerikaner genauso wie die Russen überall ihre Agenten hatten nahmen diese amerikanischen Agenten relativ schnell Kontakt zu Elvis auf. Und der wurde von ihnen geblendet von den ganzen Dollars, die sie ihm versprachen. Er wurde schwach und floh in einer amerikanischen G.I.-Uniform nach Westdeutschland und kam dann sehr schnell zu Weltruhm.

Nachdem er unerwarteterweise eine derartige Berühmtheit erlang, wollten die Amerikaner alles vertuschen und kauften die komplette Stadt Kaunas auf und seitdem wird sie Kansas genannt. Wirklich schlimm was alles so in der Welt abgeht. Die ersten Häuser, die wir erblicken zeigen schon den amerikanischen Einfluss: auf den ersten Kilometern sieht man 5 typische Wild-West-Saloons. Aber ganz haben sie den sowjetischen Einfluss auch nicht wegbekommen. Die Stadt wirkt etwas absurd mit den amerikanischen, sowjetischen, deutschen und skandinavischen Einflüssen. Aber alles in allem ist es eine schöne Stadt mit schönen Frauen. Da Kansas nicht nur die Geburtsstätte von Elvis ist, sondern auch noch von dem berühmten Philosophen Levinas. Ich kenne diesen Philosphen leider nicht, aber Martins Frau hebt ihn unter allen Philosophen besonders hervor. Ich möchte fast soweit gehen, dass Sie ihn gottgleich verehrt. Deshalb muss Martin etwas aus Kansas mitbringen. Er denkt scharf nach und ich versuche auch so zu tun, als ob ich scharf nachdenken würde. Mir fällt aber zu solchen Anlässen nie etwas ein, deshalb beschränke ich mich nur noch darauf, so zu tun als ob ich nachdenken würde. Er entscheidet sich letztendlich für 2 Kaffeelöffel und einem Strauss Pusteblumen. Ein sehr romantisches Geschenk.

Hands Up–Baby–Hands Up!!!

Diese besagten Kaffeelöffel entwendet er in einer Bar, deren Namen ich leider vergessen habe und leider die Toiletten auch nicht inspizierte. Asche auf mein Haupt. Wir lassen uns selbstverständlich nicht nehmen in Kansas einen Kaffee zu trinken und stoßen so auf diese Kaffeelöffelbar.

Die Menschen in Litauen sind eindeutig fröhlicher als ihre baltischen Nachbarn.

Die Bar, in der wir ruhig unseren Kaffee trinken wollen, steht Kopf. Es ist voll die Hölle los. Es ist eine sehr kleine, niedrige Bar und wirkt durch die anwesenden 50 Personen völlig überfüllt.

Zwei Typen sind am Start mit Live-Music. Einer steht an der Hammondorgel und der andere singt. Sie bringen Oldies der 70er Jahre. Die jungen Mädchen gehen voll ab und tanzen was das Zeug hält.

Martin erleidet in der Bar einen kleinen Schock. Für einen Augenblick denkt er, wir müssten auch mittanzen. Ich nehme die bestellten Kaffeetassen entgegen und möchte mich in Richtung Garten auf den Weg machen.

In meiner Jugend habe ich viel in Discotheken und Clubs verbracht und bin dadurch selbstverständlich ein fantastischer durch tanzende Körper Schlängler.

In diesem Moment kommt eine junge Litauerin zielstrebig auf mich zu und nimmt mir beide Kaffeetassen ab. Der Moment in dem Martin zusammenschrickt. Er denkt es sei eine Aufforderung zum Tanz, aber ganz im Gegenteil. Das Mädchen ist so nett und bringt uns die beiden Kaffeetassen unbeschadet und ohne einen Tropfen zu vergießen nach draußen.

Sehr nett von ihr und auch erstaunlicherweise zeigte sie keine Angst vor Niederletten.

Es ist schon ein seltsames Land hier. Während wir gemütlich auf der Terrasse unseren Kaffee trinken, gehen die Litauer und Litauerinnen drinnen ab wie die Sau.

Ich bin schon überrascht nach all den Stunden der schweigsamen Leute hier das Leben toben zu sehen und freue mich wieder Richtung Fröhlichkeit zu fahren. Die Esten könne sich wirklich a Rad´l obaschnein.

Samstag

Die ersten Wegelagerer

An der Grenze Litauen/Polen treffen wir auf die ersten Wegelagerer nach über 3000 Kilometern. Endlich ist es soweit.

Ich halte an und gebe ihm die Papiere. Der Zöllner spricht sehr gut Deutsch.

Es geht alles glatt bis zu dem Zeitpunkt, an dem er mich nach einem RDW-Dokument fragt.

Ich weiß nicht was ich sagen soll und frage Martin nach einem RDW-Dokument.

Sein Blick gefällt mir gar nicht. Er kennt auch kein RDW-Dokument.

Der Zöllner beharrt darauf.

Sie sehen sich die Frachtpapiere an und Martin wird verwegen und erzählt von der MIG.

Der Zöllner sieht in ganz komisch an. Er sagt wir sollen sofort unseren Chef anrufen.

Dann dreht er sich um und sagt : „Großes Geschenk, dann Weiterfahren" und zieht von Dannen.

Wir sind sehr gespannt wie groß das Geschenk wohl sein soll. Martin steckt sich 200 Zloty, im Glauben der Zöllner sei Pole, ein.

Die beiden Zöllner kommen wieder und sprechen von einem großem Problem, Kaunas und 5 Stunden Wartezeit.

Darauf entgegnet Martin, geschult im niederlettischen Bestechungsführer, das ginge auf gar keinen Fall.

Der Zöllner: „Großes Problem."

Martin: „Was können wir machen?"

Das scheint nach dem niederlettischen

Bestechungsführer einen magischer Satz zu sein :
WAS KÖNNEN WIR MACHEN???
Die Zöllner sprechen ständig von einem Protokoll, als
sei es das schlimmste was sie uns antun könnten und
gehen wieder.
Wir warten gespannt was passiert. Sie kommen
wieder und wir gehen mit ihnen ins Zöllnerhäuschen
und dürfen sogar in ihren Papierkorb –
litauisch/polnischer Zöllneraschenbecher - abaschen.
Martin wird direkt und fragt den Zöllner lachend:
„großes Geschenk und dann weiterfahren.
Aber was ist ein großes Geschenk."
Der Zöllner sagt nichts, guckt aber sehr zustimmend.
Worauf Martin ihm 100 Zloty anbietet.
Der Zöllner beginnt zu lachen.
Er möchte 100 Litu.
Martin bietet ihm 200 Zloty an und der Zöllner
akzeptiert.
Martin legt ihm die 200 Zloty auf den Tisch und der
Zöllner überreicht uns die Papiere und versteckt das
Geld unter Dokumenten und tut geschäftig an seinem
Arbeitsplatz rum und möchte uns sichtlich so schnell
wie möglich loswerden.
Martin wünscht ihm noch einen schönen Abend, aber
er ist wirklich zu beschäftigt um uns noch
wahrzunehmen.
Das war wirklich ein schnelles unbürokratisches
abgewickeltes Geschäft.
Wir fahren weiter und merken jetzt erst, das es gar
nicht die polnische Grenze, sondern die litauische
Grenze war. Es war gar kein Pole, das schlimmste
kommt noch.
Aber irgendwie schaffe ich es die polnische
Grenzstation zu umfahren und wir sind urplötzlich in
Polen und freuen uns diese Wegelagerei so gut

überstanden zu haben.

Es geht weiter oder der Kokainbulle

In der ersten Ortschaft nach der Grenze kommt die Kelle.

Die Grenzpolizei und die Polizei kontrolliert uns. Selbstverständlich gibt es wieder ein großes Problem. Wir haben kein Carta Oblati. Die Vignette für Polens Strassen.

Wir dachten diese sogenannte Cara Oblati benötigt man nur für die Autobahnen Polens und da wir keine Autobahn in Polen benutzen, brauchen wir auch kein Carta Oblati.

Scheinbar stimmt das nicht so ganz. Der Grenzpolizist ist voll auf Koks und labert in einer Tour.

Er lässt uns nicht zu Wort kommen. Wir haben leider keine Möglichkeit ihm den Sachverhalt zu erklären.

Der Grenzer rennt die ganze Zeit um das Auto und Originalton des Koksers:

„It´s cost a lot of money. You know. It´s my job to control you for carta oblati. When I go to Germany and I have no carta oblati I have to pay too. Sorry it´s my job. It´s cost a lot of money. The carta oblati is obligate. It´s cost a lot of money. You know it´s cost a lot of money. What can I do usw. usw. usw.

Noch voll im Bestechungsfieber denken wir jetzt geht es weiter und wir müssen noch einmal **200** Zloty blechen und dann ist alles O.k. Man kann nur hoffen das wir nicht mehr allzu viele große Geschenke verteilen müssen.

Der Bulle rennt um das Auto rum bis wir ihn letztendlich mit den Worten - We want to pay - anhalten können.

Der Koksbulle hält urplötzlich inne und sieht uns ganz streng an: It´s cost a lot of money. Erneut. Ich denke mir du altes Zockerschwein, sag endlich den Preis damit wir weiterfahren können. Aber dann passiert das Schlimme. Er sagt den Preis. It´s cost 3000 Zloty. You know that´s a lot of money. This is 800 Euro. You know this is my job. What can I do. In dem Moment sehe ich den ganzen Lohn für diese Fahrt flöten gehen.

Wir bekommen kein Geld mehr für die Tour. Ich sehe es förmlich vor mir. Der Chef sagt: Seid Ihr verrückt. Jedes Kind weiß ohne carta Oblati fährt man nicht durch Polen. Das ist völlig klar, dass geht vollends auf eure Kappe. Eure Dummheit will ich nicht bezahlen, die 800 Euro gehen voll auf eure Kosten.

Oh Mann, ich bin nach dieser Preisangabe des Koksers echt niedergeschlagen. Das ist richtig Scheiße. Diese beschissene Carta Oblati. Und das schlimmste ist der Bulle hält sich nicht an die internationalen Bestechungsregeln.

Vielleicht sind zu viele Bullen und Grenzbullen da und die Gefahr Bestechungsgelder anzunehmen ist bei mehreren Menschen gefährlich.

Es ist ruhig geworden in der niederlettischen Kombination. Ich vermute Martin hängt ähnlichen Gedanken hinterher wie ich.

Der Grenzkokser rennt nach wie vor ohne Unterlass um das Auto und brabbelt die gleichen Worte so vor sich hin und plötzlich geht er an mein Fenster und überreicht mir die Papiere mit den Worten : „It´s the last time i see you without carta oblati. Next Time i see you without Carta Oblati you have to pay. Next Time you pay 3000 Zloty. I promise you."

Wir fahren jetzt wissend ohne Carta Oblati weiter

und hoffen keinen weiteren Kellen mehr zu begegnen, denn Carta Oblati kann man nur an der Grenze erwerben und wir haben ehrlich gesagt keine Lust mehr zurückzufahren.

Diese Stelle an der Grenze birgt wirkliche Gefahren von Wegelagerern und dergleichen. In diesem Moment nimmt Martin das Poster von Johannes Paul II aus der Florian Bar in Polen am See in die Hand und schreit vor Glück. Seltsamerweise haben wir eine Carta Oblati Generali und wussten es nicht.

In der schönen Florian Bar mit den 3 Kloschüsseln haben wir unwissentlich eine General Carta Oblati mitgenommen. Auf dem Riesenposter vom Papa steht nämlich ein polnischer Vermerk, höchstwahrscheinlich vom Papst selbst geschrieben und von ihm unterzeichnet.

Der Besitzer dieses Posters fährt ausnahmslos auf allen Strassen Polens mit dem Segen Gottes und benötigt keine weltliche Carta Oblati.

Als Martin dies entdeckt, ärgern wir uns, das Poster nicht früher etwas genauer betrachtet zu haben und es dem Koksbullen unter die Nase reiben hätten können. Aber was soll es. Jetzt haben wir keine Angst mehr vor Kellen in Polen.

Der Hund

Im nächsten Dorf überfahre ich beinahe einen Hund. Nach diesem Doppelschreck auch ein echt schlimmes Ereignis. Noch nie bin ich in meinem bisherigen Leben in eine Situation geraten, in der ich beinahe ein lebendiges Wesen überfahren hätte. Der Hund trabte sehr sorglos auf die Strasse und schien nichts zu hören oder zu sehen. Er steuerte direkt auf die niederlettische Kombination zu. Der Hund hatte seit 1996 nicht mehr varamdt und hatte an diesem Abend ein Date und eine litauische Hündin varamdt. Nach diesem für ihn sehr schönen Abend geht er nach Hause und hat ein Lied auf seinen Lippen: La La La so ein Tag, so wunderschön wie heute und singt und freut sich und hat keine Augen mehr für den Straßenverkehr. Da er auch schon etwas alt ist hört er auch nicht mehr so gut. In allerallerletzter Sekunde machte er doch noch die niederlettische Kombination im Freudentaumel aus und entgeht seinem Tod durch eine sehr schnelle Reaktion und er springt zurück. Nach einem kurzem Schock nimmt er das Singen wieder auf. Sein erschrecktes Gesicht werde ich in meinem Leben nicht mehr vergessen. Ich bin sehr froh ihm diesen wunderschönen Abend nicht verdorben zu haben.

K´homnäs

Auf diesen Dreifachschreck brauche ich dringend ein K´homnäs.
Dieses tut sich auch prompt auf. Schließlich sind wir wieder in Polen. Und dieses Mal scheint es ein wirklich sehr K´homnäs zu sein. Wir essen Bartsch (den besten bislang auf dieser Reise) und eine fürstliche Mahlzeit. 18 Kaffees gibt dazu.
Die Bedienung ist auch sehr nett. Ich bin froh endlich wieder in Polen zu sein. Ehrlich. Bartsch, 24-Stunden-Bars und nette Menschen. Polen, ich liebe Dich.
Das K´homnä ist relativ leer, aber ich schaffe es mit einem sehr lautem Niesen vier Polen kräftig zu erschrecken Ich muss darüber lachen wie laut ich Niesen kann. Endlich gibt es auch die Möglichkeit sich zu Rasieren.

K´homnäs:

3 ½ Kloschüsseln

Warum:

Keine Handtücher vorhanden, sondern ein Drecksfön. Dies verlangt einen halben Punkt Abzug und außerdem war der Boden nicht säuberlichst geputzt. Ich habe mich während des Rasierens etwas geekelt. Das gibt noch einmal einen Punkt Abzug. Es gäbe auch die Möglichkeit zur Dusche, aber das will ich in einer 3 ½ -Kloschüssel-Dusche nicht wagen.

Masuren I

Dann geht es ab in die Flash-Masuren. Unglaublich schöne Landschaft.
Bislang eindeutig der schönste Landstrich der Reise.
Um 3.00 Nachts wird es schon hell. Die schmale Landstrasse schlängelt sich zwischen Seen hindurch, über die teilweise Nebel liegt.
Den Reiz der Gegend macht eindeutig die hügelige, unkultivierte Landschaft aus.
Darauf wachsen allerlei Wiesenblumen, Pusteblumen und Schafgabe. Leider habe ich es versäumt für das I Ging Schafgabenstängel mitzunehmen. Aber man kann schließlich nicht immer an alles denken.
Die Kühe stehen einfach so neben der Strasse und müssen nicht in einen dreckigen, dunklen Stall ihr Dasein fristen.
Das Fleisch dieser Kühe schmeckt bestimmt tausendmal besser als das was wir in Deutschland serviert bekommen.
Es ist schlicht und einfach traumhaft. Wir beschließen, wenn wir schon in den Masuren sind, die Wolfsschanze – Führerhauptquartier – zu besuchen.

Der Anruf bei der Botschaft

In Polen überkommt mich eine schreckliche Sehnsucht nach Rimi. Die ganzen Intermarché und Tescos können mich nicht trösten und außerdem werde ich bei dem Gedanken in Berlin keinen Rimi besuchen zu können sehr sehr traurig.

Mir kommt ein rettender Gedanke: Die estnische Botschaft.

Ich rufe sofort den Botschafter von Estland in Berlin an und frage ihn, ob es möglich wäre in der estnischen Botschaft, die ja schließlich estnischen Boden darstellt, einen Rimi zu eröffnen.

Nach langem hin und her klappt es schließlich. Er musste mit einigen Leuten telefonieren, scheinbar ist er doch nicht so hochgestellt wie ich dachte.

Es geht klar. In Kürze wird in Berlin in der estnischen Botschaft ein Rimi eröffnet, selbstverständlich mit estnischen Preisen.

Das Tollste an der ganzen Geschichte ist, dass ich als niederlettischer Kaufmann – ich habe also nicht umsonst das Wirtschaftsabitur absolviert – für mich und Martin 5 Prozent Umsatzbeteiligung rausgeschlagen habe.

Ich weiß nicht, wie viel Geld das für mich bedeutet, aber egal. Ich bin einfach froh und glücklich in Berlin einen Rimi begrüßen zu dürfen und an seiner Entstehung mitbeteiligt gewesen zu sein.

Das halbe Bullenauto

Obwohl wir die General Carta Oblati unseren Besitz nennen, zucke ich trotzdem bei jedem Bullenwagen den ich sehe unwillkürlich zusammen.
Man weiß ja nie was denen so alles einfällt. In einer kleineren Ortschaft steht kurz nach dem Stadtschild ein Bullenauto.
Ich zucke, wie gesagt zusammen und mache mich auf das schlimmste gefasst. Zudem bremse ich auch noch ab. Im Schneckentempo fahre ich weiter und tue so als ob ich die Bullen gar nicht sehen würde. Ich bin aber aufs äußerste angespannt, wegen der Kelle. Auf Höhe des Bullenwagen entdecken wir das Unglaublichste.
Diese gerissenen Hunde haben einen Bullenwagen senkrecht in der Mitte zersägt und eine Hälfte am Ortseingang montiert. Man denkt also immer hier stehen die Bullen. Sehr gewitzt, diese polnische Polizei.
Mich wundert es wieso die Deutschen noch nie auf so eine Idee kamen.
Denn das ist wirklich die sicherste Geschwindigkeitsbegrenzung, die man sich vorstellen kann.
Ich erkenne die Schlauheit der polnischen Polizei an, aber verfluche sie gleichzeitig für diesen Riesenschreck den sie mir einjagten.

Masuren II

Je weiter wir in die Masuren eindringen, desto mehr spüren wir die Anwesenheit des Führers.
Aber ich habe keine Angst vor der SS. Falls sie uns anhalten sollten, sage ich einfach ich bin in Simbach am Inn geboren. Denn ich weiß der Führer hatte immer eine Schwäche für Landsleute.
Martin baut sich noch einen und ich hoffe wirklich es reicht ihm, den es wird sichtlich weniger.
Wir versuchen morgen oder heute Nachmittag mit dem Führer Brotzeit zu machen auf der Wolfsschanz´n.
Vielleicht gibt es Radi und Obadz´n und als Nachtisch a´n Zwetschgndatschi und a´n Übakinga dazua.
Ich glaube es könnte klappen, denn der Führer ist Österreicher und Vegetarier. Und Österreicher und Bayern sind sich ja bekanntlich sehr ähnlich. Bei der österreichischen Sprache handelt es sich schließlich um bayrischen Dialekt.
Er isst sicher auch gerne a´n Radi und Obadz´n und hoffentlich a Brez´n dazua.

Seitenvermerk von Martin:

Ich bin richtig gespannt. Das passiert zum ersten mal.

„Seit 30 Kilometern häufen sich österreichische

Landesfahnen, die vor Bäume gespannt sind".

Das ist gut, dass Martin das jetzt sagt denn ich hätte
diesen wichtigen Punkt glatt vergessen.
Und wenn wir schon beim Vergessen sind möchte ich
noch einen Punkt nachreichen. Elk und Augustow
sind sehr empfehlenswert. Vor allen Dingen Augustow
hat im Stadtkern einen See rechts und links der
Hauptstrasse. Sehr schöne Stadt.

Der schönste Stadtname der Reise

Hier an dieser Stelle möchte ich einen großen Preis verleihen.
Den Preis für den schönsten Stadtnamen der Reise. Der Preis geht einstimmig und konkurrenzlos an die Stadt:

Mariampole

Herzlichen Glückwunsch!!!

Die drei Narrischen

In den Masuren begegnen wir auch den bekannten drei Narrischen.
Und nur knapp entgehen wir dem Tod.
Wir treffen sie an einer Stelle an der die Strasse relativ breit und gut einzusehen ist. Ich habe noch durch eine unglaubliche Reaktion die Möglichkeit die Kombination fast in die Wiese zu setzen und nur so entgehen wir dem sicheren Tod.
Ich möchte ein paar kurze Worte über die 3 Narrischen verlieren. Für die, die sie nicht kennen.
Die 3 Narrischen fahren jeden Tag und am liebsten Sonntag kreuz und quer durch Polen. Sie fahren alle einen Lastwagen und überholen sich gegenseitig. Es ist sozusagen ein Rennen. Jeden Tag. Und sie machen ihrem Namen alle Ehre. Sie fahren wirklich wie die Narrischen.
Überholen sich an den unmöglichsten Stellen. Und wenn sie am Ziel angekommen sind, schlafen sie ein paar Stunden und fahren wieder wie die Narrischen durch Polen.
Der Anreiz für sie ist, dass der letzte immer von den beiden ersten varamdt wird. Unglücklicherweise ist es tatsächlich fast immer der gleiche der Letzter wird.

Sonntag

Der alte Pole

An der Tankstelle unweit der Wolfsschanze, an der wir unser Nachtlager aufschlage,n ereignen sich unglaubliche Dinge.
Ich kann es bis heute nicht glauben. Es ist früh am morgen. So ca. 8.00 Uhr.
An der Tankstelle befindet sich eine Waschanlage. Aber es ist keine automatische Waschanlage. 5-6 junge Polen teilen sich die Arbeit.
Die einen waschen das Auto, wiederum ein anderer poliert es und ein speziell ausgebildeter Autostaubsaugerbediener kümmert sich um das Autoinnere.
Ich liege in der Fahrgastzelle und beobachte die Polen bei der Autowäsche. Martin liegt wie immer hinten bei der MIG. Ich glaube, er ist ziemlich vernarrt in die Maschine.
Eine Sache fällt mir bei meiner Beoabachtung ins Auge. Der Staubsaugerpole darf den Staubsauger nicht in Transportern bedienen und sie scheinen auch niemanden zu haben der diese großen Transporter saugen darf. Ich finde es ein bisschen skandalös. So viele Wäscher und keiner hat den Transporter-Staubsauger-Schein. Aber wie immer geht es mich nichts an. Ich möchte mich nicht in die Angelegenheiten der Einheimischen einmischen, sie verurteilen oder sie belächeln.

Nur ein wenig und insgeheim.
Ich habe in meiner Kindheit zuviel Raumschiff Enterprise geguckt und habe mir ihre oberste Divise leider auch zueigen gemacht.
Ich mache es mir gerade bequem und bin wirklich drauf und dran einzuschlafen, als der alte Pole auftaucht.
Vor meiner Nase lässt er sich das Auto waschen und erzählt aus seinen seligen Kindertagen.
Er schreit förmlich und ich kann nicht einschlafen.
Nein, ich bin gezwungen alles mit anzuhören, was er da so aus seinen Kindertagen lauthals den Autowäschern entgegenschreit.
Anfangs bin ich sehr unglücklich, denn sein Schreien hält mich vom Schlafen ab, aber je mehr ich höre, desto neugieriger werde ich.
Er sei an der Hand des Führers durch die wunderschönen Masuren gewandert.
Er schreit : „Der Führer wollte eigentlich nur seine Ruhe. Der arme Mensch. Und so ein guter Mensch. So lieb und nett."
Wenn sie so durch die Seenplatten wanderten, der alte Pole, damals als Kind und der Führer blieben sie manchmal stehen und der alte Pole sagte aaaaahhh mein Führer.
Daraufhin lachte der Führer und kniff ihm in die linke Backe und sagte mein kleiner Racker, wenn wir zuhause in der Wolfsschanze sind varama i di.
Dann schrie der alte Pole, was für ein guter Varamara der Führer gewesen sei.
So gut wie keiner. Und immer nach den Spaziergängen hat er es gemacht.
So schön sei es gewesen. Obwohl ich sehr müde und sehr verärgert war, denn seine laute Stimme gefiel mir überhaupt nicht, wurde ich immer wacher und

hörte ihm gespannt weiter zu.

Er schrie weiter, die Eva sei auch so eine herzensgute Frau gewesen, nur den Heinrich mochte er nicht.

Ein schlechter Varamara und ein schlechter Mensch. Hermann fand er immer lustig. Er musste viel lachen mit dem Hermann. Und die Tante Leni mochte er auch super gerne, die hätte immer alles gefilmt und dann hätten sie sich alles gemeinsam angeguckt. Sie sei auch immer so lustig und lieb gewesen. Und die Wolfsschanze. So modern hatten sie alles, was sie heutzutage noch nicht einmal in Warschau hätten.

Dann war Gott sei Dank sein Auto gewaschen und der alte Pole fuhr weg. Ich war doch sehr ergriffen in der Nähe der Wolfsschanze einen alten Polen gesehen zu haben, der von Hitler varamdt wurde und noch heute davon schwärmt.

Heute bin ich mir nicht mehr sicher, ob sich das alles tatsächlich so zugetragen hat. Ich war schließlich sehr, sehr müde. Aber noch heute höre ich seine laute, durchdringende Stimme in meinen Ohren. Und ich weiß nur eins, nachdem er wegfuhr konnte ich endlich schlafen.

Enttäuschungen und Misstrauen

Um **15.**00 Uhr wache ich auf der Tankstelle auf und erlebe schon die erste große Enttäuschung. Es gibt keinen Kaffee an der Tankstelle und dass ist wirklich große Scheiße. Man bedenke: Ich habe schlecht geschlafen, wegen dem alten Polen und jetzt keinen Kaffee. Ich bin leicht gereizt. Und möchte für alle Autofahrer eine Warnung aussprechen. HÜTET EUCH VOR LOTUS-TANKSTELLEN; RAFINERIA GDANSKA. Es wird kein Kaffee serviert, obwohl an der Tafel bei der Abfahrt eine Kaffeetasse lockt. Ein Skandal sonders gleichen. Wir verlassen so schnell wie möglich diese verdammte Tankstelle und machen uns in Richtung Wolfsschanze auf.

Auf dem Weg zur Wolfsschanze kommen wir durch den Ort Ketrzin und ich bin geplättet. In dieser Stadt befindet sich der ungewöhnlichste Friedhof, den ich jemals sah. Auf einem Berg stehen in Reih und Glied die gleichen Grabsteine, alle in Kreuzform und aus Stein. An jedem Grabstein steht ein Licht. Ein ergreifender Anblick und jedem Friedhoftouristen wärmstens zu empfehlen.

Martin hat mir alle meine Zloty abgeknöpft. Jetzt trau ich dem gemeinen Kerl nicht mehr über den Weg.

Während er in der Tankstelle in Ketrzin

verschwunden ich, überlege ich mir weitere Schritte.
Ich glaube ich muss ihn abstoßen.
Er kommt zurück. Er bringt mir zwei Kaffees mit.
Mein Vertrauen vergrößert sich wieder etwas mehr
und die vorher schlechten Gedanken verfliegen bei
meinem ersten Schluck Kaffee.

Tankstelle Lotus, Raferieria Gdanska:

1 ½ Kloschüsseln

Warum:

Schlüssel muss an der Theke abgeholt werden und
die Toiletten befinden sich in einem miserablen
Zustand.
Schlechte Ausschilderung: Mann/Frau steht nur auf
polnisch auf den Türen. Ehrlich gesagt habe ich mich
zuerst verirrt.
Seife fehlt gänzlich auf beiden Klos und das Wasser
zum Hände waschen ist rostbraun. INDISKUTABEL!!!

Der Geist von Adolf Hitler

Bevor wir zur Wolfsschanze fahren, machen wir noch einen kleinen Abstecher zu einem nahe gelegenen Flugplatz.
Die Strasse zu dem Flugplatz ist mit einem Feldweg gleichzusetzen, mit dem kleinen Unterschied, dass dieser Feldweg sehr stark befahren ist und ich muss permanent mit der niederlettischen Kombination rechts ranfahren, sonst kommt kein Auto vorbei.
Ich wundere mich, wieso diese Strasse befahrener ist, als alle polnischen Landstrassen zusammengenommen.

Kurz vor dem Flughafen stellt es sich heraus. Es findet ein Volksfest auf dem Flugplatz statt.
Irgendwie verkeile ich die Kombination zwischen den parkenden Autos und es gilt jetzt nur noch rückwärts fahren.
Dies überlasse ich Martin und er vollbringt eine wahre Meisterleistung auf dem Parkplatz und parkt die Kombination souverän ein. Mein ganzer Respekt gilt dieser Park-Meisterleistung. Hut ab, Martin.
Am Parkplatz stinkt es wie Sau und ich muss mich fast übergeben. Wir sind der felsenfesten Überzeugung, dies kann nur der Geist von Adolf Hitler sein. Auf dem Flugplatz herrscht Volksfeststimmung.
Es werden alte Flugzeuge, Hubschrauber und die

krassesten Flugmaschinen ausgestellt.

Die Polen gehen mit den abenteuerlichsten Geräten in die Luft. Sie strahlen dabei eine angenehme Gemütlichkeit aus und so erfreuen wir uns eines schönen Nachmittags auf diesem stinkenden Flugplatz.

An einem k'homnen Grill esse ich einen Fleischspieß und Grillkartoffeln vom allerfeinsten. Sehr, sehr lecker.

Falls sie sich mal zufällig in der Nähe dieses Flugplatzes befinden sollten und zufällig ein Volksfest stattfindet, dann ist dieser Grill ein absolutes Muss.

Das Bier vom Fass schmeckt auch vorzüglich. Wirklich sehr empfehlenswert als Sonntagsausflug mit Familie. Wir haben genug vom Vergnügen und sind nun bereit, uns an der Wolfsschanze zu bilden.

Zurück am Parkplatz stinkt es immer noch wie Sau. Der Geist scheint immer noch anwesend zu sein. Ein wirklich fürchterlicher Gestank.

Martin ist aber trotz des Gestankes noch in der Lage seine Tracht zu wechseln.

Er zieht sich die Jogginghose mit niederlettischen Landesfarben und einem goldenen Streifen an der Seite an. Es ist die Sonntagstracht der Niederletten. Sie gefällt mir sehr gut. Es scheint eine sehr seltene, exquisite Sonntagstracht zu sein, die Martin da sein eigen nennt. Ein bisschen neidisch bin ich ehrlich gesagt schon auf dieses gute Stück. Aber ich freue mich auch so ein seltenes Teil mal zu Gesicht zu bekommen.

Gumma   Gumma   Gumma

Vor dem Eintritt in die Wolfsschanze steht ein kleines Wachhäuschen mit einer Schranke.

Sie wollen Eintrittsgeld. Als wir vor der Schranke halten kommt Bewegung in die Gruppe von Polen, die neben dem Häuschen stehen. Sie stoßen Laute wie Gumma Gumma aus.

Dann weisen sie uns hektisch mit den Armen rudernd auf Englisch darauf hin, dass unser Auto wie Sau stinkt.

Wir steigen aus und riechen es auch und uns wird klar es ist nicht der Geist von Adolf Hitler, der so riecht, sondern wir haben ein großes Problem.

Mein Gott riecht das widerlich. Es riecht, als ob ein Tier auf Gummi verbrannt wurde.

Eine Frau meint wir sollen das Auto etwas stehen lassen, vielleicht wird es dann besser. Sie muss sichtlich mit dem Erbrechen ringen und stößt ständig Gumma Gumma Gumma aus. Sie ist wirklich kurz vor dem Kotzen.

Ehrlich gesagt, ich auch.

Ganz schlimm riechen beide Vorderreifen und der Motor. Das Ende unserer Reise scheint sich anzubahnen. Wir haben nicht die leiseste Ahnung warum es so fürchterlich stinkt. Unschlüssig gehen wir um das Auto und entschließen uns das Auto in Ruhe zu lassen und uns durch die Wolfsschanze führen zu lassen. Ich hätte den Gestank auch nicht mehr länger ertragen.

Lernstunde

Für ein paar Euro heuern wir die Frau, die am lautesten Gumma rief, als Führerin durch die Wolfsschanze an.
Sie entpuppt sich als äußerst sympathische und liebenswerte Frau. Sie lädt Martin am Schluss der Führung zum Bonfire ein, aber wir müssen weiter.
Außerdem zeigt sie uns während der Führung Fotos vom spanischen König und sich selbst in der Wolfsschanze.
Sie scheint sehr stolz darauf zu sein, den spanischen König kennen gelernt zu haben. Und sie ist sehr stolz auf einem Foto neben ihm zu stehen.
Zuallererst spricht sie über Diktaturen im Allgemeinen. Und stellt fest das die amerikanische Demokratie dem faschistischen Regime in nichts nachsteht. Sie weist auf den Irakkrieg hin. Ich denke ein bisschen darüber nach und finde sie hat recht.
Sie spricht auch nicht gut über Bush. Das scheint sich Europa einig zu sein. Aber ich habe nicht nur über Amerika gelernt. Ich lerne auch das Stauffenberg an meinem Geburtstag, aber etliche Jahre vor meiner Geburt, das Attentat auf Hitler in der Wolfsschanze verübte. Es macht mir Gänsehaut, genau an der Stelle zu stehen an der die Bombe damals hochging.
Geschichte macht mich immer leicht melancholisch.

Außerdem erfahre ich, dass Stauffenberg am Plötzensee erhängt wurde. An dem See, an dem ich immer so gerne Tretboot fahre.

Ich bin schockiert, lass es mir aber nicht anmerken. Auch wusste ich nicht, dass der Führer unter Syphilis litt und nur ein Ei hatte. Die Führerin singt zur Bestätigung ein englisches Lied. Ich kann den Text leider nicht mehr wiedergeben. Ich erinnere mich nur daran, dass der Führer nur ein Ei hatte.

Des Führers Hobby war sein Schäferhund und die Führerin zeigt uns ein umzäuntes Gebiet in dem er seinen Schäferhund trainierte und ihm beim Rumspringen zusah.

Auf der Wolfsschanze gibt es die schlimmsten Stechmücken, die ich je erlebte. Sie sind riesig und stechen einen ohne Unterlass. Obwohl die Führerin uns ein Abwehrmittel aus Amerika gab. Eine Flüssigkeit die angeblich Stechmücken abschreckt. Ich möchte nicht wissen, wie es ohne diese Wunderflüssigkeit ausgegangen wäre.

Dies rührt alles nur daher, da die Nazis die Wolfsschanze am Rande eines Sumpfes bauten, um von einer Seite her geschützt zu sein. Sie haben alles sehr gut geplant. Wie es den Deutschen eigen ist.

Die Wolfsschanze beherbergte **2000** Menschen und sie war in den Wald gebaut und von oben konnte man sie nicht ausmachen, da sie meterhohe Bäume umpflanzten und Plastikgrün in Netzen über die Bunkeranlagen spannten.

Der Führerbunker war mit Spezialdecken mit **8** Meter dicken Wänden gebaut. Von einer schwäbischen Firma.

Ich habe den Namen vergessen, aber ich denke sie sind noch immer im Geschäft.

Der Führer konnte seinen Spezialbunker aber nicht

lange genießen, denn kurz nach Fertigstellung mussten sie gehen und zerstörten ihn mit dem Projekt Inselzerstörung mit 10 Tonnen TNT.

Diese Sprengung muss gewaltig gewesen sein, denn dieser Betonklotz ist tatsächlich ein bisschen kaputtgegangen. Es ist schon ein voll krasser Anblick die fetten Betonteile rumliegen zu sehen und zu wissen, dass sie in Hunderten von Jahren, wenn nicht sogar Tausenden immer noch so rumliegen werden. Es wird sich kein Mensch finden, der diese Betonteile abtragen kann. Sie haben sich wirklich ein großes Monument geschaffen. Das Haus in dem der alte Pole als Junge wohnte, konnte ich leider nicht ausfindig machen, aber höchstwahrscheinlich hat er höchstpersönlich alles vertuscht.

Als wir nach dieser interessanten, einstündigen Führung voller Sorge zum Auto zurückkehren und es inspizieren ist es amtlich. Der Geruch ist verschwunden: Es war tatsächlich Adolf Hitlers Geist. Beruhigt nehmen wir die Fahrt wieder auf.

Am Ende häufen sich die Preise

Je näher wir uns Deutschland annähern, desto sicherer kann man bestimmte Preise aussprechen. Und hiermit überreiche ich der Stadt Siauliai (Schaulen) den Preis für den-am-komischsten-ausgesprochenen-Stadtnamen bzw. den-am-falschesten-ausgesprochenen-Stadtnamen.

Der Preis wird überreicht, da wir die Stadt gerne und oft

Simiauniai

nannten.

Viele Grüße und Glückwünsche an Siauliai.

Der Hauptfeind

Ein kleiner Streit entflammt in der Kombination. Martin ist doch ernsthaft der Meinung, unser Hauptfeind sei ein Traktor. Dies kann ich nicht so im Raum stehen lassen.

Denn der Hauptfeind einer jeden niederlettischen Kombination ist und wird es auch für alle Tage bleiben: Die kloane Drecksau

Diese furchtbaren kleinen Fiat Polski. Dafür müsste man die Italiener wirklich bestrafen. Dieses Land, dem wir so großartige Dinge wie Pasta und Pizza verdanken, haben es auf dem Gewissen: die kloane Drecksau.

Meist in rot gehalten. Und mein schlimmster Gedanke sind drei von diesen Schweinen vor mir zu haben. Der bloße Gedanke lässt mich erschauern. Wie es nur geht, stoße ich sie von der Strasse und freue mich jedes mal wenn es mir gelingt.

Nach einem stundenlangen Disput mit Martin einigen mir uns schließlich darauf: Der Hauptfeind einer jeden niederlettischen Kombination sind ein Traktor und dahinter 3 kloane Drecksäue. Ich stimmte letztendlich diesem Kompromiss zu, da es wie Martin ständig behauptete, nicht so leicht sei einen Traktor von der Strasse zu stoßen, wie eben jene kloana Drecksai. Da musste ich ihm wirklich recht geben, denn Traktoren sind da wirklich sehr hart im

Nehmen und lassen sich ganz schwer, wenn überhaupt, abdrängen.
Die kloana Drecksai sind da schon etwas pflegeleichter. Irgendwie freue ich mich dann eigentlich doch immer einer zu begegnen. Es ist doch schön sie im Straßengraben landen zu sehen.

Zwolnijs

Ich muss mich immer wieder über ein Schild an Ortseingängen ärgern. Oder besser gesagt, ich freue mich, sie endlich mal wieder zu sehen und bin dann maßlos enttäuscht, dass alle Fußgänger peinlichst genau darauf achten.

Es gibt an manchen Ortseingängen ein dreieckiges Schild, indem ein Auto abgebildet ist, das gerade einen Fußgänger überfährt. Und drunter steht glaub ich Zwolnijs. Was soviel bedeutet wie Z´sammfaan erlaubt.

Jedes mal, wenn ich dieses Schild sehe freue ich mich ein paar Fußgänger überrollen zu können, es ist ja schließlich erlaubt und das Schild scheint mir auch fast so ausgelegt zu sein, dass man fast gezwungen ist, es zu tun. Aber man darf selbstverständlich auf keinen Gehweg fahren. Man muss die Fußgänger voll auf der Strasse erfassen.

Und sie werden es wahrscheinlich wegen meiner schlechten Laune schon erraten haben. Was machen die Fußgänger in solchen Ortschaften. Sie gehen selbstverständlich nicht auf die Strasse. Nein. Sobald sie auch nur die kleinste niederlettische Kombination sehen, bleiben sie am Gehweg stehen und trauen sich nicht mehr auf die Strasse. Wahrscheinlich werden die Leute unterrichtet, dass in ihrem Ort zsammfaan erlaubt ist. Ich finde es eine Sauerei, solche Schilder anzubringen und dann keine Gelegenheit geboten zu bekommen.

Da müssten sich die Polen meiner Meinung nach noch etwas einfallen lassen, denn man bekommt so eine Lust und keine Möglichkeit. Entweder sie verbessern das wieder mit dem Zsammfaan erlaubt oder sie lassen es.

Denn so ist die Situation nichts halbes und nichts ganzes. Ich hoffe ein zuständiger Pole liest jetzt diese Zeilen.

Montag

Hubertus

Kurz vor der deutschen Grenze wollen wir unbedingt noch ein K'homnäs aufsuchen. Und da wir immer noch in Polen sind lässt dieses nicht lange auf sich warten. Es ist sogar ein bisschen zu k'hom'n.
Es erinnert mich ganz stark an ein bayrisches Gasthaus mit Hirschgeweihen usw. Es macht seinem Namen sozusagen alle Ehre.
Die Bedienung scheint keine dreckigen Niederletten zu mögen, bedient uns aber trotzdem widerwillig.
Das Essen, das wir serviert bekommen ist sehr lecker.
Ich denke wenn man das Hubertus als Nichtniederlette besucht schmeckt es bestimmt doppelt so gut, denn sie geben sich bestimmt doppelt soviel Mühe. Zumindest sah das Essen der Nichtniederletten noch besser aus.
Der Bartsch, den ich esse ist zum erstenmal mit Kroketti und eindeutig der Beste. Kompliment. Hubertus auch wenn du uns nicht magst. Dein Essen ist wirklich vorzüglich.

Hubertus :

4 Kloschüsseln

warum:

Es gibt für nicht vorhandene Handtücher (Drecksfön) eine halbe Kloschüssel Abzug und einen weiteren halben Punkt Abzug für einen nicht makellos gepflegten Fußboden. Das mit dem Fußboden ist höchstwahrscheinlich dadurch zustande gekommen, da sie uns sehr unfreundlich bedienten.

Schade Hubertus, da wirst du nicht alleiniger Sieger werden, obwohl du es verdient gehabt hättest.

Der Gewinner des Klowettbewerbs

Der Preis für das beste Klo geht an :

Domus   4 Kloschüsseln

Hubertus   4 Kloschüsseln

Die beiden Restaurants teilen sich den über eine Million Euro ausgeschriebenen Klopreis. Herzlichen Glückwunsch in Richtung Estland und Polen. Ich hoffe beide Restaurants benutzen das Geld um ihre Toiletten zu einem 5 Kloschüssel-Klo auszubauen.

Herrlich!!!

Nach dem Hubertus geht es Richtung Berlin zurück und auf dem Weg bin ich sehr traurig Ich sehe alleine auf dem kurzen Stück vier Füchse tot am Straßenrand liegen.
Für einen kurzen Augenblick würde ich das Autofahren gerne verbieten.
An der Grenze gibt es keine Komplikationen mehr und dann sieht man es sofort: das aufgeräumte, durchorganisierte Deutschland. Rechts und links der Strassen alles kultiviert und umzäunt. Ich bin wieder zuhause.
In Berlin lege ich mich am Montag endlich nach einwöchiger Abwesenheit, wieder in ein Bett. Und zwar in mein eigenes Bett.

Herrlich

INHALT

www.geheimarchiv.blogspot.com

Dies ist der erste Band der Reise-Report-Trilogie
von
Oliver Orthuber

Oliver Orthuber wurde am 20. Juli 1970 in Simbach am Inn geboren und wuchs in Altötting, Oberbayern auf. 1995 begann er ein Architekturstudium in Berlin, welches er 1999 mit Diplom abschloss. Anschließend arbeitete er vier Jahre als Architekt. Dann beendete er seine Architekturlaufbahn und betätigt sich seitdem in den Bereichen Musik, Literatur und bildende Kunst.
Seit 2004 werden seine Werke in unzähligen Ausstellungen im In- und Ausland gezeigt. Er lebt und arbeitet als bildender Künstler in Berlin.

145

Das Geheimarchiv des Dr. Lysenko
basiert auf der
Theory of Obscurity
von
N. Senada.
The Residents sind angeblich
schon über 30 Jahre Anhänger
dieser Theorie, wenn nicht sogar
die Begründer.
Diese Theorie besagt,
daß wahre Kreativität
nur im Dunkeln stattfinden
kann.
Sobald der Künstler
seine Identität preisgibt
kann er keine wahre
Kreativität
mehr entfalten.

www.mystechprod.de

BAND I : TALLINN - DIE REISE ZU DEN TRIEBWERKEN UND ZURÜCK

BAND II : LEIPZIG - DIE REINIGUNGSAKTION

BAND III : MON GOIDBEITL ADIEU - 2 WOCHEN AMSTERDAM